ROBERTO ARLT
(1900-1942)

Roberto Godofredo Christophersen Arlt nasceu em 26 de abril de 1900, em Buenos Aires, filho de Karl Arlt, de origem alemã, e Ekatherine Iobstraibitzer, de origem italiana. Passou a infância no bairro portenho de Flores e começou a trabalhar desde muito jovem como pintor, ajudante de livraria, entre outros. Em 1916 iniciou a carreira no jornalismo, o que o inseriu no círculo literário da época. No mesmo ano, publicou o primeiro conto, "Jehová". Em 1926, viria a público seu primeiro romance, *El juguete rabioso*, que pela sua excepcional lucidez seria considerado o ponto de partida do romance argentino contemporâneo. Os romances *Los sietes locos* (1929) e *Los lanzallamas* (1931) ampliaram a análise de Arlt sobre a sociedade argentina contemporânea, uma sociedade agitada por conflitos ideológicos e de classe, ameaçada por uma crise econômica iminente. A aproximação com o realismo foi dominante nos nove relatos de *El jorobadito* (1933). Já os contos reunidos em *El criador de gorilas* (1941) foram fruto de viagens para a Espanha e para o Marrocos. A temática se afastava do universo de Buenos Aires e das preocupações metafísicas que antes eram o ingrediente fundamental de suas tramas. Com esse novo espírito publicou *Un viaje terrible*, após uma viagem ao Chile em 1940, que se aproxima da literatura fantástica. Sua obra teatral de vanguarda também marcou época na Argentina. Como correspondente do jornal *El Mundo*, viajou para diversos países, entre eles o Uruguai, o Brasil e a Espanha, e escreveu várias crônicas de viagens, como *Aguafuertes españolas* (1936). Para o jornal *Crítica*, também escreveu reportagens policiais entre 1927 e 1928, produção que permite comprovar a grande capacidade do autor para mergulhar nos problemas do seu tempo. Concluiu *El desier* antes de morrer, em Buenos Aires, no dia 26 de julho de 1942, em decorrência de problemas cardíacos. Sua obra influenciou escritores como Ricardo Piglia, Roberto Bolaño e Julio Cortázar.

Roberto Arlt

Armadilha Mortal

Posfácio e notas de PABLO ROCA
Tradução de SERGIO FARACO

www.lpm.com.br
L&PM POCKET

Coleção **L&PM** POCKET, vol.13

Primeira edição na Coleção **L&PM** POCKET: abril de 1997
Esta reimpressão: julho de 2010

Título original: *Un argentino entre gangsters*
Tradução: Sergio Faraco
Capa: Ivan Pinheiro Machado sobre ilustração de Jean-Claude Claeys
Revisão: Grazia Pinheiro Machado e Sergio Faraco

ISBN 978-85-254-0613-2

A791a	Arlt, Roberto, 1900-1942
	Armadilha Mortal / Roberto Arlt; tradução de Sergio Faraco. – Porto Alegre: L&PM, 2010.
	96 p.; 18 cm – (Coleção POCKET L&PM ; v. 13)
	1. Ficção argentina policial. I. Título
	CDD A863.872
	CDU 860(82)-3

Catalogação elaborada por Isabel A. Merlo, CRB 10/329.

© da tradução, L&PM Editores, 1997

Todos os direitos desta edição reservados a L&PM Editores
Rua Comendador Coruja 314, loja 9 – Floresta – 90.220-180
Porto Alegre – RS – Brasil / Fone: 51.3225.5777 – Fax: 51.3221-5380

Pedidos & Depto. Comercial: vendas@lpm.com.br
Fale conosco: info@lpm.com.br
www.lpm.com.br

Impresso no Brasil
Inverno de 2010

Sumário

A pista dos dentes de ouro / 7
Um argentino entre gângsteres / 18
A vingança do macaco / 30
A dupla armadilha mortal / 41
O mistério dos três sobretudos / 53
O enigma das três cartas / 63
Um crime quase perfeito / 72

Outro Arlt idêntico a si mesmo (Posfácio) / 79
Notas / 87

A PISTA DOS DENTES DE OURO

Lauro Spronzini está diante do espelho. Com os dedos da mão esquerda mantém erguido o lábio superior, deixando à vista dois dentes de ouro. Executa, então, uma ação inusitada: introduz na boca o polegar e o indicador da mão direita, pressiona os dentes metálicos e retira uma película dourada. Sua dentadura volta ao natural. Entre seus dedos, o envoltório dos falsos dentes de ouro.

Abandona-se numa poltrona ao lado da cama e, maquinalmente, amassa o papel dourado.

Às onze e quinze, noutro lugar – o Hotel Planeta –, Ernesto, o mensageiro, bate à porta do quarto número 1, ocupado por Domenico Salvato. Ernesto tinha visto o senhor Domenico entrar, acompanhado de um homem com dentes de ouro. Ernesto abre a porta e estaca, cambaleia.

Às onze e meia, empregados e curiosos se acotovelam no corredor do hotel, onde explodem os *flashes* de repórteres policiais. Junto à porta do quarto número 1 monta guarda o agente 1539.

O agente 1539, mãos apoiadas no cinturão, abre a porta respeitosamente a cada vez que chega um alto funcionário. Os curiosos espicham o pescoço e pela fresta enxergam uma cadeira em pleno ar. Abaixo dos pés da cadeira, os pés de um homem.

No interior do quarto um fotógrafo da polícia registra a cena: o homem sentado na cadeira, amarrado nela com tiras brancas e suspenso no ar, enforcado num lençol retorcido. Tem uma mordaça na boca. A cama do morto está desfeita. O assassino retirou dali os lençóis para amarrar e enforcar a vítima.

Hugo Ankermann, o camareiro, Hermán González, o porteiro, e Ernesto Loggi, o mensageiro, coincidem em suas declarações. Domenico Salvato entrou duas vezes no hotel, junto com um homem de dentes de ouro e óculos amarelos.

À meia-noite e meia, nos jornais, os redatores de plantão escrevem títulos assim:

O ENIGMA DO BÁRBARO CRIME DO DENTE DE OURO

São dez da manhã.

O assassino Lauro Spronzini, sentado numa cadeira de vime de um café do bulevar, toma uma cerveja e lê os jornais. Nem Hugo, nem Hermán, nem Ernesto reconheceriam nesse rosto pálido e pensativo, sem óculos, sem dentes de ouro, o verdugo de Domenico Salvato. À luz filtrada pelo toldo de listras amarelas, Lauro Spronzini tem a aparência de um comerciário em férias.

Larga o jornal e sorri, absorto. Uma garota que passa olha para ele. O assassino sorri com doçura. Está pensando nas dificuldades por que passarão aqueles cidadãos que tem dois dentes de ouro.

Ele não se engana.

Nesse momento, homens de diferente condição social percorrem as intrincadas galerias do departamento policial, em busca da competente secção que registre sua inocência. Um barbudo de nariz de trombeta e calva brilhante, sentado a uma mesa descorada, coberta de papéis e riscos de canivete, recebe as declarações desses medrosos, cujas primeiras palavras são:

– Gostaria de deixar registrado que, embora possua dois dentes de ouro, não tenho nada a ver com o crime.

O careca ouve com indiferença. Sabe que nenhum deles é o criminoso. Seguindo a rotina das indagações elementares, pergunta e depois anota:

– Onde você estava entre nove e onze da noite?

E logo:

– Quem pode testemunhar que você estava lá?

Alguns se envergonham de ter de confessar que, nas horas indicadas, estavam em lugares pouco recomendáveis para pessoas distintas.

Em meio a tantas declarações sempre surgem algumas singularidades. Um cidadão informa que, naquele horário, encontrava-se num antro de jogatina que a polícia desconhecia. Demétrio Rubati, de profissão gatuno, com dois dentes de ouro, depois de muito meditar apresenta-se para declarar que, na noite em questão, praticava um furto numa loja de tecidos.

De fato, a ocorrência tinha sido comunicada. Rubati, espertamente, compreende que é melhor ser preso como ladrão do que como suspeito de um crime que não cometeu. Fica detido.

Também se apresenta uma senhora imensamente gorda, com dois dentes de ouro, para dizer que não é a autora do crime. O barbudo policial a fita, surpreso. Não imaginava que a estupidez humana pudesse alcançar tamanha proporção.

Os cidadãos que têm dentes de ouro sentem-se constrangidos em lugares públicos. Nas primeiras horas do dia seguinte ao crime, todo aquele que, ao conversar no café, no escritório, no bonde ou na rua, deixa entrever dentes de ouro, é observado atentamente. Os homens de dentes de ouro sentem-se suspeitos. Enerva-os a dissimulada ironia com que são tratados. Raro é aquele que não se sente culpado de alguma coisa.

Enquanto isso, a polícia trabalha. Solicita a todos os dentistas da capital os endereços de pacientes que necessitaram de dois ou mais dentes de ouro na arcada superior esquerda. Os jornais auxiliam, recomendando que se apresente à polícia aqueles que porventura saibam qualquer coisa a respeito desse drama peculiar.

As hipóteses do crime podem ser resumidas em poucas palavras e a versão é semelhante em todos os jornais:

Domenico Salvato entrou em seu quarto na companhia do assassino. Conversou com ele e não houve discussão, ao menos em tom que fosse ouvido. O desconhecido aplicou um golpe em Salvato, fazendo com que perdesse os sentidos. Amarrou-o na cadeira com tiras de lençol e o amordaçou. Ao despertar, Salvato viu-se obrigado a ouvir o agressor, que após acusá-lo de não se sabe o quê, resolveu enforcá-lo. O crime, não há dúvida, foi motivado por um sentimento profundo de ódio e de vingança. O morto é de nacionalidade italiana.

A primeira página dos jornais estampa fotografia do quarto do hotel, na espantosa desordem em que foi encontrado. O espaldar da cadeira apoiado na folha da porta interna, o enforcado pendurado pelo pescoço e o lençol passando por cima da porta e amarrado no trinco. É o crime hediondo ansiado pelos leitores de dramalhões arrepiantes.

A polícia estende suas teias. Aguardam-se as

informações dos dentistas, examinam-se fichas odontológicas recentes de todos os imigrantes. Durante quinze dias os jornais acompanham a marcha das investigações. Um mês depois, o crime começa a ser esquecido. Ao cabo de nove semanas, são raros aqueles que se lembram. Um ano depois o caso passa aos arquivos da polícia. O assassino nunca foi descoberto.

Certa pessoa poderia ter ajudado a prender Lauro Spronzini: Diana Lucerna. Mas ela não o fez.

Às três horas da tarde do dia em que todos os jornais comentam o crime, Lauro Spronzini sente uma ligeira comichão em seu dente canino. Uma hora depois, como se algum demônio tivesse acionado o mecanismo nervoso do dente, a comichão se transforma num prego de fogo que atravessa o maxilar. Lauro tem a sensação de que seu rosto está grudado num ferro em brasa. Morde os lábios para não gritar. Há um momento em que o prego esfria e Lauro suspira, aliviado. Mas, subitamente, a sensação se converte numa espiga de gelo que lhe endurece as gengivas. E os nervos incrustados na polpa do dente, ao solidificar-se com a ação do frio tremendo, aumentam de volume. Parece então que, sob a pressão desse crescimento, o maxilar vai partir-se em cacos. São dores fulgurantes, que de tanto em tanto enchem seus olhos de relâmpagos e fosforescências.

Lauro compreende que não pode continuar suportando este martelar de gelo e fogo na minúscula superfície de um dente escondido na boca. É preciso ir atrás de um odontólogo.

Instintivamente – não sabe por que razão –, resolve procurar uma mulher, uma dentista. Consulta o guia telefônico.

Uma hora mais tarde Diana Lucerna se inclina sobre o paciente e, com o espelhinho, observa sua dentadura. Sem dúvida, ele sofre de uma nevralgia, pois não tem nenhuma cárie. Algo, no entanto, chama sua atenção. Na parte interna da coroa de um dente, vê um minúsculo pedaço de papel de ouro, semelhante ao usado pelos douradores. Com a pinça extrai o corpo estranho. O papelucho cobria a abertura de uma cárie profunda. Diana Lucerna toca na cárie com a pinça e Lauro estremece de dor. E Diana Lucerna pensa, enquanto examina o dente: "Se isso é lugar de ir parar um papelzinho dourado..."

Diana Lucerna, como outros dentistas, recebera a circular da polícia. Com as mãos nos bolsos do avental, observa o rosto pálido de Lauro.

– Tem um dente cariado. É preciso obturar com ouro.

Imperceptívelmente, Lauro treme, mas, afetando indiferença, pergunta:

– Sai caro com platina?
– Não, a diferença é mínima.

Diana comenta, enquanto prepara a broca:

– Com esse crime tão falado, durante certo tempo ninguém vai querer ouro nos dentes.

Lauro tenta sorrir. Diana o vigia e vê que a testa dele está empapada de suor.

– Acho que esse crime é uma vingança. E o senhor?

Lauro responde rapidamente:

– Eu também. Só alguém que precisasse vingar-se amarraria um homem numa cadeira, poria uma mordaça nele e o acusaria, como dizem os jornais que ele fez, para depois matá-lo. Um homem não mata outro por nada.

Meia hora depois, Lauro Spronzini abandona o consultório. Deixa registrados no livro de consultas seu nome e seu endereço. Diana Lucerna lhe dissera: "Venha amanhã".

Sozinha no consultório frio de níqueis e cristais, Diana olha os telhados das casas vizinhas através das finas cortinas. Os dados elementares da nacionalidade coincidem com certos aspectos físicos de seu paciente. Os comentários do crime são análogos. Trata-se de uma vingança. E o autor dessa vingança deve ser ele mesmo. Aquele papelzinho revela que o assassino cobriu a dentadura com uma película dourada para lançar a polícia numa pista falsa. Se neste momento se examinasse a dentadura de todos os habitantes da cidade, não se encontraria nenhum pedacinho da suspeitosa película. Não há dúvida, é ele o assassino e deve denunciá-lo.

Deve, mas...

Uma angústia doce se desnovela no coração de Diana, com tal frenesi de conhecer e proteger que anula toda a força de sua vontade moral.

Deve denunciar o assassino, claro. Mas o assassino é um homem que a seduz. Pensa nele com tanta intensidade que seu coração palpita mais fortemente do que se estivesse em vias de ser assassinada. E ela aperta o peito com as mãos.

Diana abre rapidamente o livro de consultas e procura o endereço de Lauro. Será falso? Queira Deus que não. Tira o avental, diz à secretária que mande esperar o próximo paciente e embarca em seu carro. Essas coisas acontecem como através da cinzenta neblina de um sonho, embora a cidade esteja coberta de sol até a altura das cornijas.

Uma impaciência nunca antes experimentada empurra Diana ao encontro do perigoso desconhecido. O automóvel entra no sol das bocas de rua e na sombra das fachadas. Subitamente, Diana vê-se no escuro saguão de um edifício de apartamentos. Embarca num elevador gradeado e logo tem diante de si uma porta gris entreaberta e uma criada. Pronto. Está diante do assassino. Em mangas de camisa, ele se ergueu tão bruscamente da cama que não teve tempo de desmanchar, na colcha azulada, as marcas de seu corpo. A criada fecha a porta. O homem, despenteado, olha a elegante moça à sua frente.

Diana examina o rosto dele. Lauro Spronzini compreende que foi descoberto, mas sente-se tranqüilo. Indica à jovem a mesma poltrona em que descansara na noite do crime, e Diana, ofegante, obedece.

Lauro pergunta, delicadamente:

– O que houve, senhorita?

Ela se sente dominada por essa voz. Levanta-se, quer ir embora, não vai, quer falar, mas não consegue dizer o que pensa. Lauro percebe que aquilo pode acabar mal: os olhos arregalados da dentista revelam que, ao dissolver-se sua excitação, pode sobrevir a repulsa.

– Fui eu que matei Domenico Salvato – diz. – Foi um ato de justiça, senhorita. Jamais houve em Brindisi um homem tão cruel. Sou italiano. Faz sete anos que ele tirou da casa de meus pais a minha irmã mais velha. Um ano depois a abandonou. Minha irmã veio morrer em casa, tuberculosa. Sua agonia durou trinta dias com suas noites. Há crimes que não podem ficar sem castigo. Dei-lhe um golpe para que perdesse os sentidos, amarrei-o na cadeira, amordacei-o para que não pedisse auxílio, e durante uma hora contei-lhe a agonia da minha irmã. Quis que soubesse que estava sendo castigado por mim porque a lei não castiga certos crimes.

— Imaginei que era você por causa do papel grudado na cárie.

Lauro continua:

— Eu soube que ele tinha fugido para a Argentina e vim atrás dele.

— E não conseguirão prendê-lo?

— Não, se não me denunciar.

Diana o fita.

— Isso que você fez... é espantoso...

Lauro a interrompe, frio:

— A agonia dele durou uma hora. A agonia da minha irmã se prolongou por todas as horas de trinta dias e trinta noites. O sofrimento dele foi doce, comparado com o da pobre moça, cujo único crime foi acreditar em suas promessas.

Diana Lucerna pensa que ele tem razão.

— Não prenderão você?

— Acho que não.

— E virá amanhã para o curativo?

— Sim, senhorita, irei.

E quando ela sai, Lauro sabe que não o denunciará.

Um argentino entre gângsteres

Tony Berman jogou a cinza do cigarro no piso encerado e continuou:

– Os engenheiros inventaram a metralhadora e isso é muito bom, sem metralhadora seria muito difícil assaltar um banco. Os engenheiros inventaram as granadas de mão, e as granadas de mão são a bênção do Altíssimo para os homens de boa vontade, que com elas se livram de complicações. Deus salve os engenheiros!

Assim falou Tony, o homicida de pé torto. O mulato Eddie Rosenthal, filho de um rabino excomungado e de uma negra, que estava olhando para o chão, queixo encostado na camisa de seda verde, ergueu a cabeça encarapinhada.

– Peço um voto de louvor ao justo Tony.

Frank Lombardo, especialista em ações violentas, assentiu com uma morisqueta de sua carranca de *bull-terrier*. Tony, animado com tais sinais de admiração, prosseguiu:

– Mas os engenheiros falharam num ponto: não

criaram a roleta viciada. E isso é muito ruim. A roleta viciada permitiria que o *croupier* manobrasse o jogo segundo as conveniências da banca. E as conveniências da banca são sagradas! Então, senhor engenheiro: se os senhores inventaram os submarinos, as metralhadoras, os aviões, podem perfeitamente inventar a roleta viciada.

O senhor engenheiro, ali representado na pessoa de Humberto Lacava, não pestanejou. Fazia três horas que aqueles *gentlemen* da pistola o tinham seqüestrado, encostando um cano em seus rins, e nenhum homem de bom senso se atreveria a discutir esse frio e redondo argumento.

O justo Tony esfregou as mãos.

– Senhor Humberto Lacava, o senhor era, ou melhor, é o melhor estudante sul-americano de Engenharia Elétrica de Wisconsin. Sabemos que sua família vive na Argentina. A Argentina é um belo país e temos a certeza de que o senhor quer voltar para lá. Quando estudamos sua situação, esta particularidade nos pareceu vantajosa. Se o senhor desaparecesse, os riscos de uma investigação não seriam maiores do que se pertencesse a uma honorável família bostoniana... Mas é claro que não temos nenhuma intenção de matá-lo.

– Ao menos por hora – insinuou Frank Lombardo.

– O senhor ganhou uma medalha de ouro na universidade e a Argentina tem o direito de se orgulhar de seu filho. Faça para nós uma roleta elétrica cuja bolinha pare no número previamente escolhido. Uma roleta viciada que, por fora, seja igual às roletas normais. Nós lhe pagaremos vinte mil dólares.

Escarrapachado numa poltrona de couro e balançando lentamente o sapatão amarelo, Eddie Rosenthal resmungou:

– Pela décima parte eu tiroteava sozinho com todo o estado de Kentucky.

Era nativo de Kentucky e todos os seus pensamentos se dirigiam à pátria distante, que lamentava não poder hospedá-lo entre os muros de seu presídio.

Lacava, cotovelos apoiados na mesa, olhava as paredes brancas do *living-room*.

– E se me negar?

Ninguém podia recusar a Tony Berman qualquer coisa que pudesse ser feita. Ele respondeu, amavelmente:

– Nesse caso, não lhe pagaremos os vinte mil dólares, mas umas vinte mil balas.

Lacava pegou o copo de uísque e bebeu sem pressa. Não era dado a aventuras contrárias à lei, mas estava num beco sem saída. Os três assassinos, robustos, atléticos, bem barbeados, gravatas de seda com alfinetes de pérolas, anéis cintilantes nos ossudos dedos, não eram homens que se preocupassem com a vida de um Lacava qualquer e sua medalha de ouro. De resto, talvez nem fossem os cabeças. Por trás deles poderia estar um sindicato do crime.

Meditava Lacava e meditavam eles. O mulato Eddie Rosenthal, que demonstrava uma hereditária inclinação para a filosofia, comentou:

– Há muitos homens que se lamentam de jamais ter recebido uma oportunidade...

– De fato – assentiu Frank Lombardo, que era escasso de palavras e farto de ações.

Tony deu seqüência à idéia:

– Nós lhe oferecemos a oportunidade. Por uma questão de honra o senhor não pode pensar em fugir e nos lograr. Não seria um procedimento leal e mesmo não permitiríamos. Fabrique um dispositivo elétrico que, como um elevador, permita ao *croupier* deter o disco no número menos apostado. É só isso que queremos. Os homens são seres humanos – eu sempre defendi essa idéia – e é de se esperar que se entendam sobre alguma base. O senhor planejará aqui mesmo essa roleta e nós mandaremos fazer as peças noutro lugar, de acordo com seus desenhos. Mas terá de montar o aparelho na nossa frente. Será nosso prisioneiro até que cumpra o compromisso. Se lhe agrada a companhia feminina, não há inconveniente em lhe apresentar algumas damas. Dar ao homem o que é do homem é um dos meus princípios.

O engenheiro não pôde evitar um sorriso. Aquele sujeito era perigoso. Não era em vão que o chamavam Tony, o Advogado. É claro que não se especializara em normas legais – exceto as carcerárias –, mas se lhe atribuía o assassinato de um honrado *selfmademan* que ganhava a vida gestionando ante os políticos a liberdade de certos condenados. Daí a origem de seu apelido. Sua dicção era correta. Humanamente não se podia ser mais exigente com um homem cuja profissão era descarregar a pistola no peito do próximo.

Humberto Lacava não falava. Lembrava-se de Buenos Aires, do bairro de Palermo, ao mesmo tempo em que observava os três homens com as pálpebras semicerradas. Tony Berman errara ao seqüestrar esse homem, pensando que poderia usá-lo. Tony não era perfeito. Além disso, que reação maior poderia esperar desse sul-americano magro, de cinco pés de altura, que com as pontas dos dedos estava a puxar o lábio inferior?

Finalmente, o engenheiro disse:

– Posso fabricar a roleta, mas quero os vinte mil dólares adiantados.

– Terá o dinheiro amanhã.

– *All right*.

Depois que o mulato Rosenthal fechou a porta a chave, Lacava ficou examinando sua prisão. Era um quarto de sólidas paredes, com banheiro anexo. Os seqüestradores se preocuparam com seu conforto. Havia ali uma escrivaninha, uma poltrona de couro, livros numa prateleira, um aparelho de rádio, maços de cigarro e garrafas de bebida. Lacava abriu o roupeiro embutido e achou camisas de seu tamanho e pijamas.

Deitou-se. Estava tranqüilo. Não tinha ilusões. Quando terminasse de montar a roleta, aquela gente, ao invés de deixá-lo ir embora com vinte mil dólares, furaria sua cabeça com balas de aço. E ele jamais voltaria a projetar condutos elétricos.

O problema técnico era fácil. O disco da roleta podia ser freado à vontade, através de um sistema circular de eletroímãs. Em síntese, tratava-se de projetar um freio magnético sincronizado. Simples, mas eles não sabiam. A imposição de fabricar peças fora era para não deixar ao seu alcance instrumentos que pudesse usar para fugir. Não eram bobos. Vinte mil dólares era um capital considerável. Talvez até pensassem em fabricar roletas em série. Os lucros daquele bando de vigaristas seriam imensos. O que precisava, pensou, era fabricar um sistema desajustado de freagem, de modo que, tentando corrigi-lo, ganhasse tempo para poder fugir. Sabia muito bem, no entanto, que nem armado poderia escapar daqueles assassinos, que lidavam com pesados revólveres com mais facilidade do que ele com as equações de terceiro grau.

Lacava não era um sentimental. Sabia que um homem detentor de tamanho segredo não seria libertado para que fosse espalhá-lo. Para animá-lo, trariam os vinte mil dólares. Tinha de ficar com os vinte mil dólares e matar os três seqüestradores.

Pensando nisso, adormeceu.

De manhã foi despertado pelo homem do pé torto. Tony Berman trazia uma maleta.

– Engenheiro, aqui estão os vinte mil dólares.

Lacava sentou-se na cama e abriu a maleta. O dinheiro estava cintado em maços de mil notas de um dólar. Desfez um dos pacotes e examinou uma cédula contra a luz.

– São autênticos – garantiu Tony.

– Realmente – disse Lacava, imaginando que o dinheiro teria sido roubado de algum banco, no que não se enganava.

– Frank servirá seu café da manhã – tornou o manco. – É um excelente cozinheiro. Seja indulgente com Frank. É verdade que enveredou por mau caminho, mas não o julgarei. Está escrito: não julgueis e não sereis julgados.

Enquanto Tony sentava-se à beira da cama, sobre a colcha azul, Lacava se perguntava por que ele sempre se expressava em tom de zombaria.

– Este quarto sem luz e sem ar não é bom pra trabalhar.

– Não se preocupe. Durante o dia terá à sua disposição o *living-room*. Aconselho-o, no entanto, a não tentar fugir. Eddie e Frank, posso garantir, não o matarão. Eles têm uma pontaria espantosa e apenas quebrarão os ossos de suas pernas. Não acredito que vá gostar de fazer cálculos de eletricidade com o esqueleto espatifado.

E assumindo um ar de seriedade:
– Acha que pode fazer a roleta?
– Sim.
– Lembre-se, o disco terá de ser manejado por nós.
– Tudo bem.
– E a bola vai parar onde quisermos?
– Claro.
– Excelente. E quanto tempo isso vai demorar?
– Não posso marcar prazo. Nenhuma máquina nova funciona corretamente durante os testes. É preciso ajustar, graduar...
– Quando pensa começar a trabalhar?
– Ainda hoje, mas preciso de um equipo completo de desenho.
– Tudo o que precisar.

Tony Berman estava satisfeito. Um sopro romântico encrespou sua alma de assassino.

– Eu sempre afirmei que os engenheiros são o sal da terra. Querido senhor Lacava, quer comer um macarrãozinho hoje? Frank Lombardo é especialista em macarrão. Senhor Lacava, seja amável com Frank, ele é um bom garoto. Sua profissão, claro, não permite que seja canonizado, mas quem, afinal, poderá atirar a primeira pedra, como disse Nosso Senhor Jesus Cristo?

Lacava sorriu com amabilidade. Lembrava-se de sua casa em Palermo, de suas irmãs, jamais passaria pela cabeça delas que, nesse momento, ele estava nas mãos de um bando de gângsteres. Um ódio frio se desenroscou em seu coração.

Tony Berman, de lábios sorridentes e coração traiçoeiro, também estava pensativo: "Vamos enterrar esse sujeito no bosque do fundo do vale".

De 36 números, a roleta marcava 21 à vontade do *croupier*. O engenheiro Lacava, rodeado por Tony, Frank e Eddie, tomava nota das falhas.

– O disco parou ligeiro demais – disse Tony Berman. – Deu pra notar a freada brusca.

Lacava riu. Frank Lombardo discordou:

– O disco parou naturalmente.

Na verdade, tinha faltado luz.

Lacava trabalhava. Levantava freqüentemente o tampo da mesa, preso a uma das bordas por uma comprida dobradiça de bronze, e vigiava as adornadas mãos dos homens. Às vezes Tony esquecia a mão sobre a dobradiça, mas Eddie e Frank estavam fumando. O engenheiro esperava. Outras vezes eram Frank ou Tony que apoiavam os cotovelos desnudos na placa de bronze. Mas Eddie, com os braços cruzados, olhava a saltitante bola de marfim, dizendo:

– Uma vez, na roleta da Flórida, o número 14 ficou 27 dias sem sair.

Os assassinos estavam contentes. Parecia-lhes que Lacava trabalhava honestamente. A cada dia o ajuste do freio magnético apresentava progressos.

Os homens se alternavam para pôr em marcha o disco. Frank dizia:

– Sortear o zero.

A bola de marfim revoluteava sobre os alvéolos metálicos do disco, ia rodando cada vez mais lentamente e parava no zero. Os gângsteres aplaudiam com entusiasmo. Tony exclamava pela centésima vez:

– Os engenheiros são o sal da terra.

Lacava, entretanto, vigiava as mãos dos homens. Estava sempre inclinado sobre o círculo de eletroímãs, que regulava num parafuso. Anotava cifras, fazia operações algébricas.

– Paciência – dizia –, já vai ficar boa...

Em quinze dias reduziu a oito os quinze números que faltavam. Não tinha pressa. Aguardava sua oportunidade. Quando a roleta funcionasse corretamente, eles o matariam. Juntando palavras soltas, já podia afirmar que os seqüestradores eram simples testas-de-ferro. Com a roleta elétrica o bando daria um golpe em grande escala e somente um ingênuo podia sonhar com a próxima libertação. Mas Lacava não estava acostumado a fazer cálculos sobre boas intenções. Sua infância, transcorrida nos arrabaldes portenhos, dotara-o de uma astúcia fria e vigilante. Não tinha o mesmo senso de humor de Tony, o Manco. Seu humor era outro e provavelmente deixaria aqueles bandidos de cabelos em pé.

Lacava esperava.

Os gângsteres, sentados ao redor da mesa, preocupavam-se em verificar se a parada no número escolhido era natural. Lacava esperava com ansiedade a chegada de um minuto que podia ser fácil, mas que parecia distante. E os braços cabeludos dos assassinos estavam diante de seus olhos, os dedos adornados se moviam. Por momentos os via como através de um sonho. O punho de seda da camisa de Frank, arremangado até o cotovelo, a pele escura de Eddie com os tremendos músculos sempre tensos e vibrantes...

Lacava esperava com ansiedade a chegada de um minuto que podia ser fácil, mas que parecia distante.

Tony, Frank e Eddie se inclinaram sobre o disco para ver se a bolinha parava no número 36. Lacava sentiu que uma onda de sangue lhe abrasava as faces: os três estavam tocando na dobradiça, Eddie com as duas mãos de chocolate e Frank ainda passava o braço sobre os ombros de Tony.

Os três homens gritaram ao mesmo tempo. Lacava acabara de ligar uma chave. Os assassinos se inteiriçaram, paralisados pela dobradiça eletrificada. Os olhos deles se dilataram, as bocas se escancararam, e cada um deles parecia ter no rosto três buracos negros. Não podiam soltar-se da mesa e seus cabelos se arrepiavam sob a progressiva onda ardente que os lançava para trás, como fantoches abrasados pelo fogo.

Lacava mal os olhou. Correu até o quarto, pegou a maleta com os vinte mil dólares e saiu. Na garagem escura ligou o motor do cupê.

Grudados na mesa, os homens esfriavam lentamente.

A VINGANÇA DO MACACO

Antônio Fligtebaud assassinava, em média, um homem por ano.

Sua aparência era agradável, a natureza o dotara de um físico simétrico. O sorriso bondoso e as maneiras afáveis não sugeriam que fosse um assassino. Era paciente, astuto, covarde e, sobretudo, muito cortês. Jamais se valera de cúmplices em seus crimes, era um individualista. Dotado de temperamento prático, seguia, quase sempre, os ditames de sua vontade.

Agindo sozinho, até porque cultivava rigorosos princípios, gastava longos meses na preparação de um crime. Analisava tão meticulosamente os detalhes do plano que, quando se decidia pela ação, podia-se afirmar que a morte já estava madura no corpo da vítima.

O primeiro homem que matou não foi um, foram dois. Era um joalheiro porto-riquenho que, por uma natural desconfiança, morava no mesmo local em que mantinha seu negócio, na companhia de um jovem de robusta compleição. Fligtebaud esperou a desocupação de um prédio contíguo e perfurou a parede numa noite de tormenta. O joalheiro faleceu em sua cama, o empregado perto da parede. Fligtebaud esvaziou o cofre. O duplo assassinato lhe rendeu vinte mil pesos.

No dia seguinte internou-se num sanatório, cujos médicos se consideraram felizes por tratar uma úlcera que não existia. Descansou de seus esforços e fadigas durante três meses, ao fim dos quais viajou, pois era afeiçoado ao espetáculo do mundo e ao trato com variada gente.

Dois anos depois, em Valparaíso, introduziu-se no apartamento de um respeitável corretor da Bolsa. Matou o criado e, depois de amarrar o especulador numa cadeira, esmerou-se em queimar-lhe a sola do pé até obter a combinação do cofre. Dali retirou cento e cinqüenta mil pesos chilenos e cinco mil dólares, além de vinte mil pesos em jóias. Para que o homem não revelasse sua identidade à polícia, matou-o com um tiro. Não o fez por crueldade, mas por princípio. Em certa ocasião, Fligtebaud dissera ao decano de uma faculdade que visitava: "Um homem sem princípios é como um navio sem bússola".

Consumado o delito, voltou a internar-se num sanatório. Pretextou um ataque de reumatismo, que os médicos tiveram evidente satisfação em tratar.

Antônio Fligtebaud gozava da branca paz dos

sanatórios, convivendo com enfermeiras discretas e bonitas, médicos paternais e residentes que, no cair da tarde, puxavam conversa com os enfermos inteligentes. Fligtebaud, afinal, era um paciente simpático, pagava pontualmente a conta e seguia os inofensivos tratamentos com escrúpulos de homem que reconhece a importância da terapêutica.

Jamais teve remorsos pelo destino de suas vítimas. Também é certo que, antes de torturá-las ou matá-las, cobria a cabeça delas com um lençol, de modo que apenas as escutava e não via suas expressões faciais, que em última instância são determinantes da qualidade do terror, do remorso ou da repulsa.

Era ligeiramente alto, molengão, invertebrado. Ao caminhar, arrastava os pés, mas, no curso da ação, transformava-se numa figura musculosa, atlética e alerta.

Quando não se recolhia a um sanatório, praticava esportes. Não apreciava jogos de azar, não bebia. Apreciava a vida em si, a música negra e os *ballets* de Stravinski. Se não se dedicasse a matar seres humanos como cães, seria uma belíssima pessoa.

Noite.

Na janela de uma água-furtada totalmente às escuras está Fligtebaud, cotovelos no parapeito e um binóculo em posição. Se alguém pudesse olhar pelo binóculo, descobriria que Antônio espiona um homem, a cento e cinqüenta metros de distância.

O homem está sentado à escrivaninha, atrás de uma janela gradeada, numa peça forrada de papel vermelho.

Ao lado de Fligtebaud, um fuzil.

O homem acaricia o lombo de um animal que está em seu colo e do qual são visíveis apenas os quartos traseiros. A peça parece ser o escritório de uma loja de roupas usadas, situada no andar mais alto de um velho edifício que terá, talvez, uns dez andares. Pelo binóculo podem ser vistos, na escrivaninha, três relógios em estilo rococó, de prata sobredourada. Nas paredes, molduras sem quadros e quadros sem molduras. Num canto da escrivaninha há uma jarra de porcelana chinesa, à frente dela uma pasta cheia de papéis. No espelho de um armário se reflete o cubo negro de uma caixa de ferro.

Figtebaud continua com o binóculo.

A porta se abre e entra uma mulher gorda, o cabelo escuro preso numa rede. Traz uma cesta. Fala com o homem, que permanece de costas para a janela. O homem se ergue, torna a sentar-se, a mulher sai.

Fligtebaud pega o fuzil, que dispõe de silenciador e mira telescópica. Faz pontaria nas costas do homem sentado, mas este novamente se levanta.

Fligtebaud toma outra vez o binóculo. O homem se agiganta nas lentes do aparelho, é um velho com um roupão de veludo. Naquele rosto misteriosamente próximo estampa-se a máscara de um homem duro, cínico, enérgico. Pára um instante diante da escrivaninha, depois chega à janela. Pensa em fechá-la, talvez, mas desiste. Vai até a porta por onde entrou a criada gorda. Além de chaveá-la com duas voltas, engata uma tranca de ferro.

Fligtebaud acompanha sua movimentação.

O velho, afastando-se da porta, ergue a tampa da caixa de ferro. No espelho do armário sua figura é refletida de costas. Retira da caixa um pacote e volta à escrivaninha.

Fligtebaud assesta o fuzil nas costas do velho, quadrilhadas pelos caixilhos da janela, e na água-furtada ouve-se o estampido de um balão que rebenta. Com o binóculo, confere o resultado. O velho está inclinado, o peito encostado na escrivaninha, a cabeça tombada no peito, um braço vertical junto à perna da cadeira, mas, com um esforço tremendo, soergue-se. Fligtebaud aponta outra vez e atira. Retomando o binóculo, vê o velho de bruços sobre a escrivaninha. Já não se move mais.

Fligtebaud se retira da janela, fechando-a, e acende a luz da peça. Pode-se ver que tem as mãos enluvadas. Desmonta o fuzil e o guarda num pequeno estojo. Recolhe as cápsulas deflagradas. Apaga a luz e sai.

Meia hora depois, Fligtebaud entra no edifício em cujo último andar está sua vítima. Atravessa rapidamente um longo corredor. Não se encontra com ninguém. No elevador, aperta o botão do quinto andar – o edifício tem oito andares – e, antes de sair, arranca um fio elétrico do painel. Sobe os três últimos andares pela escada.

À porta do único estabelecimento do oitavo andar, tira do bolso um pé-de-cabra, com não menos de trinta centímetros de comprimento e de afiadíssima garra. Sem vacilar, como se aquele fosse o legítimo e único meio de abrir portas, introduz a garra entre as juntas e executa um brusco movimento. A porta se abre e ele entra numa varanda às escuras. Fecha a porta, liga a lanterna e trata de forçar uma das quatro portas que dão para a varanda. A fechadura cede, a porta resiste, reforçada, decerto, com trancas e correntes.

Com o pé-de-cabra, arranca uma das almofadas inferiores e, quase deitado, entra pelo buraco. Junto à porta, encontra o espelho dos interruptores. Liga uma das chaves e vê-se banhado de luz no interior de uma loja de roupas usadas. As paredes estão revestidas de estantes, e dentro delas, por trás dos vidros empoeirados, vêem-se casacos, baixelas, peles, vestidos, porcelanas, objetos de uso incerto.

Fligtebaud sorri com desprezo. Ao mesmo tempo, toma a precaução de deixar a marca do sapato junto às estantes, no lugar onde há mais pó. Faz isso porque colou na sola de seu sapato uma outra de tamanho menor: os policiais, analisando as pegadas, pensarão que o autor do crime é um homem de aproximadamente um metro e sessenta, quando Fligtebaud mede um metro e setenta e oito.

Entra, finalmente, no escritório. O velho continua deitado sobre a escrivaninha. Fligtebaud deixa seu chapéu sobre a jarra de porcelana. Cuidadosamente, corre a cortina da janela que, pouco antes, o velho tivera a intenção de fechar. Volta-se para ao morto e o contempla com um olhar malévolo. Parece que tão-só vê-lo morto não o satisfaz. Mas logo se afasta, quase com ferocidade, daquele corpo que o atrai. A tampa da caixa de ferro continua aberta. Tira do bolso do paletó xadrez um saco de aniagem e começa a esvaziar a caixa. Dos estojos que, depois, deixará cair no chão, tira brincos, colares, anéis de platina e de ouro. Entorna uma bolsinha de couro e rolam rubis, topázios, brilhantes – pedras provindas, certamente, de jóias desmontadas que o agiota comprou de algum ladrão. Encontra numerosos relógios de ouro. Abre uma caixa pequena e acha um saquinho com minúsculos lingotes de platina e ouro. Noutro compartimento, um maço de dinheiro estrangeiro, e numa caixa de papelão quinze mil pesos em cédulas. Noutra caixa menor, um punhado de abotoaduras de ouro, pertencentes a pares distintos.

Fligtebaud, no entanto, experimenta uma sensação desconfortável, como se alguém o observasse.

Volta-se.

Trepado na escrivaninha, com seu chapéu na mão, está um pequeno macaco de pêlo marrom, com o qual costumava brincar o usurário. O macaquinho olha fixamente para o assassino. Seus redondos olhinhos negros parecem carregados da mesma maldade que Fligtebaud, pelo binóculo, surpreendera nos olhos do velho.

O criminoso, noutras circunstâncias, não se importaria com aquela presença, mas o repulsivo animalzinho está com seu chapéu. E ele se esquecera de arrancar as iniciais apostas pelo solícito chapeleiro.

Fligtebaud não é homem de improvisações. Um tiro de pistola fatalmente seria ouvido. Melhor fingir amizade. Dá um primeiro passo. O macaco, agilmente, salta da escrivaninha, sempre com o chapéu na mão. Dá outro passo, e o animal, com uma expressão vil estampada na cara barbuda, foge para a outra peça. Rabo arrastando no chão, cabeça inclinada, parece um demônio a brincar com o assassino. Fligtebaud se detém, o macaquinho o imita. Como se pretendesse exasperar o homem carrancudo, ergue o chapéu acima da cabeça, e ao ver Antônio adiantar-se novamente, coloca-se ao lado do buraco da porta.

Como uma esponja comprimida que se cobre superficialmente de água, assim se cobre de suor o corpo do assassino. Nessa altura, é preciso correr qualquer risco. Enfia a mão no bolso do casaco. Vai matar o macaco com um tiro. A perversa criatura, vendo o gesto, como que compreende a intenção.

Guinchando escandalosamente, sai pelo buraco. Antônio se deita e, arrastando-se, também passa à varanda.

Uma lua amarela se mostra sobre os altos edifícios. A claridade estrelada, invadindo o terraço sobre a loja, recorta a silhueta do macaco com o chapéu na mão.

Fligtebaud procura manter-se calmo. É preciso encurralar o macaco. Uma escadinha de ferro leva ao terraço, mas a porta de acesso, uma altíssima grade de lanças, está fechada com corrente e cadeado. Por ali passou o macaco. Por ali ele não pode passar.

O assassino sente uma surda irritação. Quer pegar logo o chapéu, que o maldito macaco largou no meio do terraço para poder fazer piruetas nos fios do telégrafo.

A chave do cadeado, pensa, deve estar no chaveiro do usurário. Torna a entrar na peça onde está o morto. Apalpa seus bolsos e não acha o chaveiro. Lembra-se, no entanto, de certo gesto do velho, no momento em que ia abrir a caixa de ferro. Introduz a mão no peito dele. De fato, ali estão as chaves, penduradas num cordão de seda preta.

O chaveiro pinga sangue. Fligtebaud sente asco e cansaço. Limpa as chaves com um papel. Vê que entre elas está a do cadeado e volta rapidamente ao terraço.

O cadeado se abre, a corrente cai no chão.

Ao ouvir o barulho, o macaco se desprende dos fios do telégrafo e, de um salto, agarra o chapéu.

O assassino sente-se arrebatado por um torvelinho de loucura e furor. Mais do que nunca é preciso recuperar o chapéu. Depois, pegar o maldito macaco e torrá-lo em fogo lento. Uma tortura que dure a noite inteira!

O macaco, arrastando o chapéu, começa a correr de um lado para outro. Cola erguida como um gato, trepa num pequeno muro. O assassino, tomado do mesmo cansaço que experimentam as pessoas durante os pesadelos, sobe atrás dele. O macaco avança rapidamente e ele devagar. Ultrapassam uma grade de lanças. O macaco o faz velozmente, Fligtebaud rasga a calça e seu coração bate como um tambor. Algumas jóias caem de seu bolso. Passam diante de uma mansarda iluminada. Há um homem perto da janela, de costas, e assim não os vê. Fligtebaud transpira como se aquele fosse um dia de calor, e não o é. A perseguição é fantástica e dolorosa. O assassino vê a noite como um vazio negro e estrelado, e em lugares tão próximos e ao mesmo tempo tão distantes, o macaco fantasmagórico, cujos olhos o fitam de través. E deixam para trás muretas altíssimas, pátios profundos. O homem não sente qualquer vertigem. Poderia correr sobre uma cornija, já atua como um sonâmbulo. A besta parece hipnotizá-lo, pois, sem querer, o homem se apressa ou se retarda segundo o rítmo em que ela foge.

Subitamente, o animalzinho pára. Coçando a cabeça, esquadrinhando a noite, parece pensar. Larga o chapéu no chão e olha para o assassino. Num frêmito de medo, abandona definitivamente o chapéu e, com grandes saltos, desaparece na escuridão.

Fligtebaud, ansioso, entra na sombra projetada por um arranha-céu. Naquele triângulo do terraço está seu chapéu. Freneticamente, lança-se sobre ele. Mas algo estala sob seus pés e pontas de vidro arranham suas pernas. Pela fenda que, sem querer, abriu numa clarabóia, seu corpo despenca no abismo. Uma cachoeira de luzes jorra em seus olhos. Quarenta metros abaixo, ele se estatela nas lajotas de um pátio. E já não se move mais.

O chapéu, soltando-se de suas mãos quebradas, rola até bater num muro.

No dia seguinte, os jornais narram a morte do assassino. Lê-se num deles: "Procura-se o cúmplice que, depois do roubo, matou Fligtebaud, pois seu chapéu estava arranhado e mordido. As particularidades deste duplo homicídio preocupam a polícia".

Mas o cúmplice jamais foi encontrado.

A DUPLA ARMADILHA MORTAL

— Tenente Ferrain, a questão é a seguinte: você terá de matar uma mulher bonita.

O rosto do outro permaneceu impassível. Pela janela, seus olhos apagados acompanhavam o tráfego entre o Bulevar Grenelle e o Bulevar Garibaldi. Eram cinco da tarde e já se acendiam as luzes das vitrinas.

O chefe do Serviço de Contra-Espionagem observou o perfil cinzento de Ferrain e prosseguiu:

— Console-se. Não terá de matar a senhorita Estela com suas próprias mãos. Ela mesma se matará e você será apenas a testemunha.

Ferrain enchia seu cachimbo. Olhava para o senhor Demetriades e se perguntava como ele havia chegado àquele cargo. O chefe do Serviço, de crânio amarelo como bola de manteiga, nariz de cavalete, vestia um terno escandalosamente novo. Visto na rua, podia passar por um funcionário rotineiro e estúpido, e no entanto estava ali, em pé, de costas para o mapa da África, perorando como um catedrático.

– Talvez você sinta pena da senhorita Estela, pelo destino cruel a que está condenada, mas, acredite, ela não se importaria nem um pouco se tivesse a obrigação de matá-lo. Ela o mataria sem nenhum peso de consciência. Jamais tenha pena de uma mulher, Ferrain. Quando uma mulher se atravessar no seu caminho, esmague a cabeça dela sem misericórdia, como faria com uma serpente. Seu coração se alegrará e seu sangue ficará mais doce.

O Tenente Ferrain terminou de encher o cachimbo e perguntou:

– O que andou fazendo a senhorita Estela?

– O que andou fazendo? Por Cosme e Damião! O menos que faz é nos trair. Está nos vendendo para os italianos. Ou para os alemães. Ou para os ingleses. Ou para o diabo. A história é lamentável. Na Polônia, a senhorita Estela agiu corretamente e com eficiência, levando o Serviço a supor que podia destacá-la em Ceuta. Os espanhóis estavam modernizando o Forte de Santa Catalina e também o de Prim, o do Serrallo e o do Renegado, modificando a posição das baterias e outras diabruras. Estela devia trabalhar junto com o engenheiro Desgteit e receber as informações. O engenheiro era veterano em missões desse tipo. Comprou em Ceuta a chave de um conceituado café e Estela fazia o papel de sua sobrinha. O café, freqüentado pela oficialidade espanhola, foi reformado. Acrescentaram-se discretos reservados. A propósito, meu tenente, um conselho: nunca fale de assuntos secretos num reservado. Bem, em cada reservado foi instalado um microfone. Os oficiais apareciam, conversavam, bebiam. Estela, no andar de cima, ouvia a conversa e ia anotando o que achava interessante. Esse procedimento nos ajudou a descobrir umas quantas coisas. De repente, o esquema todo se desarranjou. A cabeça do engenheiro Desgteit se encontrou com uma bala perdida, vinda de um grupo de bêbados. Até poderíamos admitir que eram bêbados e nada mais, mas, logo depois, Mohamet, o Coxo, respeitável comerciante ligado à cabila de Anghera, cujos homens trabalhavam nas fortificações, foi assaltado por desconhecidos e tão maltratado que morreu sem recobrar os sentidos. Como epílogo da festa, chegou uma mensagem da senhorita Estela. E com que novidade! Um incêndio destruíra o café. A documentação que devia nos entregar teria sido reduzida a cinzas.

O Tenente Ferrain moveu a cabeça.

— Certamente, há motivos para fuzilar essa mulher umas quatro vezes, pelas costas.

O senhor Demetriades cuspiu um fiapo de fumo e continuou:

— Não tenho o costume de acusar sem provas, mas tampouco me agrada que me enganem desse jeito. Estela é uma mulher espertíssima. Naturalmente, mandei que a vigiassem, e ela está desconfiada.

— Por que acha que ela se sente vigiada?

— Indícios invisíveis. Creio que ela sabe de sua

condenação à morte e está procurando uma forma de escapar, levando a documentação. Sabe também que isso é difícil: por terra, por ar ou por água, nós a seguiríamos e a agarraríamos. Mas a senhorita Estela, veja só, pensou ter descoberto uma forma simplíssima de nos enganar. Me escreveu dizendo que sua vida está ameaçada e pedindo que um avião vá buscá-la, conduzindo-a imediatamente para a França. Avisou, porém – e aqui está o golpe –, que em Xauen está à sua espera um agente de Mohamet, o Coxo, para lhe passar uma importante informação. O que acha disso, tenente?

– Tentará escapar em Xauen?

O chefe do Serviço achou graça.

– Você é um ingênuo e ela uma mentirosa. A informação a ser obtida em Xauen é história da carochinha. Veja, tenente – o senhor Demetriades voltou-se para o mapa e apontou para Ceuta – aqui está Ceuta – e seu dedo gorducho desceu para o sul. – Aqui, Xauen. Depois de Beni Hassan, o senhor vê um siste-ma montanhoso de mais de mil e quinhentos metros de altura. Ninhos de águias e *despeñaperros*, como dizem nossos amigos espanhóis. Depois de Beni Hassan, portanto, o único lugar onde um avião pode pousar é Xauen. O plano dessa mulher é jogar-se de pára-quedas no momento em que o aparelho sobrevoar as montanhas. Seus cúmplices a esperam, decerto, em Dar Acobba, talvez em Timizila ou Meharsa, e ela nos deixará a ver navios. E o que é pior: teremos financiado informações para que outros aproveitem. Bonito, não?

– O plano é audacioso.

O senhor Demetriades replicou:

– Audacioso ou não, é simples, claro e lógico, como dois e dois são quatro. Você achará ainda mais lógico se souber que a senhorita Estela é pára-quedista. Fiquei sabendo disso de uma forma inteiramente casual.

O Tenente Ferrain tornou a acender seu cachimbo.

– O que preciso fazer?

– Pouco, quase nada. Você irá a Ceuta num avião de dois lugares. O avião levará os pára-quedas regulamentares, mas o seu estará oculto, e o destinado ao assento dela terá as cordas queimadas com ácido, ou seja, ainda que ela o revise, nada encontrará que chame sua atenção. Quando saltar, as cordas queimadas não suportarão o peso de seu corpo, e ela morrerá na queda. Você tentará aterrissar e, conseguindo, verificará se ela morreu. Se preciso, dará o tiro de misericórdia. E pegará, claro, tudo o que estiver com ela.

– E se eu não achar um lugar para pousar?

– Salte.

– Perderemos o avião.

– Tanto faz. Agora vá procurar o Coronel Desmoulin. Ele lhe dará algumas instruções e a ordem para retirar o aparelho. Terá de estar às oito da manhã em Ceuta. Boa sorte.

O oficial levantou-se e apertou a mão do chefe do Serviço. Pegou seu quepe e saiu. Ambos ignoravam que não se veriam nunca mais.

O Tenente Ferrain chegou às oito da manhã ao aeroporto da Aeropostale, pilotando um avião de dois lugares. Olhou ao redor e, pelo gramado, viu chegar uma jovem vestida de preto. Acompanhava-a o diretor do aeroporto. A senhorita Estela caminhava com desenvoltura, seu aspecto era digno e reservado. Algumas mechas de ouro escapavam do lenço que prendia seus cabelos. Parecia uma donzela prudente em viagem de férias à casa de uma tia.

O diretor do aeroporto fez as apresentações. Ferrain estreitou friamente a mão enluvada da moça. Ela o olhou nos olhos e pensou: "Um homem sem reações. Deve ser um jogador".

Talvez a moça não estivesse enganada, mas, ao menos naquele momento, não era muito oportuno pensar que Ferrain fosse um homem sem reações. O aviador estava profundamente desgostoso por ter sido envolvido naquele horrível negócio.

O mecânico se aproximou do avião e o diretor foi embora. Estela, que estivera admirando o avião, um peixe de prata aninhado na verdura, olhou para Ferrain.

– Você esteve com o senhor Demetriades?

– Sim.
– Suponho que sabe de tudo.
– O que me disse é que devo ficar às suas ordens.
– Então iremos primeiro a Xauen, e logo tomaremos o rumo de Melilla.
– Seus documentos estão em ordem?
– Estão. Você conhece Xauen?
– Estive duas vezes lá.
– Podemos sair de Xauen depois do almoço. Esta noite jantaremos juntos em Paris, de acordo?
– Encantado.
– Quando partimos?
– Quando quiser.
– Então vou pôr o macacão.

Já a caminho da toalete do aeroporto com sua bolsa de mão, bruscamente se voltou. Sorria, um pouco ruborizada, como se logo fosse envergonhar-se de uma atitude pueril.

– Tenente Ferrain, não vá rir de mim. O senhor tem pára-quedas?

Ferrain não riu.

– Não, nunca precisei. Mas a senhorita terá o seu.
– É que sou supersticiosa. Hoje vi um funeral. A primeira inicial do pano fúnebre era a letra E.

Ferrain a olhou, surpreso.

– Meu nome é Esteban. Para quem será o agouro?
– Curioso – disse ela, um tanto desconcertada.

Ferrain observou o céu azul da manhã, recortado pelas montanhas verdejantes, e comentou:

– Teremos uma viagem tranqüila. Não se preocupe.

Estela foi vestir o macacão.

À medida que transcorriam os minutos, Ferrain sentia crescer o seu desgosto. Como se deixara apanhar por aquele Demetriades? Alguns barcos se afastavam do dique, rumo a Gibraltar. Ferrain pensou com inveja que, nas cobertas, iriam passageiros felizes. Era certo, sim, que naquela noite jantaria em Paris, mas quantos sacrifícios custava uma promoção! Então aquela hipócrita, com jeito de mosquinha morta, mandara matar Desgteit e Mohamet, o Coxo? Que estranhos caminhos a teriam levado ao Serviço de Contra-Espionagem? Se dependesse dela, Ceuta, com certeza, desapareceria do mapa. Olhou com raiva para o mecânico, que terminara de encher o tanque de combustível. Alguns passarinhos saltitavam na grama. Adiante, os portões de zinco de um hangar se abriam lentamente. E ele, por causa daquela velhaca...

Sorrindo, retornou a senhorita Estela com sua bolsa. Ferrain admitiu que era uma mulher elegante. Ela o envolveu com seu aveludado olhar azul, as pupilas abertas como leques. Ferrain desviou os olhos. Acabava de figurá-la despedaçada nas rochas, as entranhas sendo expelidas entre os dentes quebrados.

— Estou pronta – disse ela, cruzando os braços.

Ferrain se aproximou penosamente do aparelho. Ela caminhava ao seu lado, alargando a passada e tagarelando como uma colegial arteira.

— Como está o senhor Demetriades? Sempre paternal e cínico? Suponho que ele lhe terá contado...

— Contado o quê?

— Nossas dificuldades.

Cortou, seco:

— Perdão, o senhor Demetriades me ordenou que evitasse falar sobre o Serviço.

A resposta de Ferrain tinha sido adequada. Estela pensou: "Este imbecil tem medo de que eu manche sua folha com algum mexerico". E tratou de mudar de assunto:

— Você acredita que haverá eleições na Espanha?

— Acho que sim – disse Ferrain, espiando-a. – Comenta-se que o bloco popular tem chance. É um engano.

E acrescentou, sorrindo:

— O bloco popular, eleitoralmente, está condenado ao fracasso. Azaña é um literato. O C.E.D.A. é o único partido sério. Gil Robles governará a Espanha.

Tinham chegado ao avião. Ferrain tomou seu lugar, o mecânico auxiliou Estela, que logo colocou o pára-quedas. Ferrain, embora não tivesse nenhuma vontade de rir, não pôde evitar que um sorriso estranho lhe aflorasse aos lábios.

– É um engano – repetiu.

E acionou o botão de partida. A hélice oscilou como um élitro de cristal e o motor pipocou como uma metralhadora. O avião deslizou pela pista e saltou ligeiramente duas vezes, para em seguida suspender-se no ar. Estela olhou para baixo e viu as torres da catedral.

Apareceram os caminhos asfaltados, o mar. Ao longe, entre neblinas rosadas, o cinzento rochedo de Gibraltar. A costa da Espanha se recortava, adusta, no azul do Mediterrâneo. Durante alguns minutos o avião seguiu ao longo do litoral, mas em seguida o mar desapareceu, dando lugar a crescentes vultos de montanhas verdes. Pelos caminhos tortuosos seguiam lentos caminhões. Grupos de camponeses mouros eram reconhecíveis por suas vestimentas brancas. O avião ganhou altura, e a crosta terrestre, misteriosa e sombria, parecia deserta como nos primeiros dias da criação.

Embora brilhasse o sol, a paisagem era hostil e sinistra. Uma angústia infinita arrebatava o coração de Ferrain. Viu Estela procurar algo nos bolsos. Era uma caixinha mourisca, que ela abriu para lhe oferecer um cigarro. Ferrain não aceitou. Ela fumava e olhava para as montanhas. Ferrain sentia-se invadido por um infortúnio tão grande que o desalentava para qualquer ação. Gostaria de poder dizer alguma coisa àquela mulher, ou mesmo escrever uma mensagem em algum lugar, mas uma força fatal dominava sua vontade. Por trás de tudo estava o Serviço, o destino aceito de servir com absoluta disciplina. E o tempo, como um filamento de gelo mortal, quase paralisava seus pulmões ansiosos.

Mais vultos de montanhas no horizonte. Abaixo, a terra, seus riachos selvagens, entre cumes verticais de primitiva geologia e fendas de bosques titânicos. Eles pareciam estar situados sobre um imenso globo de cristal, cuja superfície verde se levantava por momentos até a altura de seus olhos, como inflada por um alento monstruoso.

Estela consultou seu relógio de pulso. O coração de Ferrain começou a bater como o machado de um lenhador num pesado tronco. Avançavam agora por um vale entre duas cadeias de cerros amarelados. Lá embaixo, quase no fim do vale, ardia uma fogueira. Estela tocou no ombro de Ferrain e apontou a direção oposta à da fogueira, onde se distinguiam, na distância, os cubos brancos de um casario. Era o povoado de Beni Hassan.

Ferrain virou o rosto, tentando resignar-se. Adivinhou o pensamento de Estela. Quando quis gritar, ela já havia saltado, e tão açodadamente que se esquecera da bolsa sobre o assento.

A mulher caía como uma pedra. O pára-quedas rebentara. Ferrain, maquinalmente, fez girar o avião, para localizar a área da queda. Estela era agora um ponto negro no vale profundo e já não caía mais.

Ferrain, tremendo, fez o avião perder altura. Tentaria pousar numa planura do vale. Involuntariamente, seus olhos deram novamente com a bolsa de Estela. No momento em que levou a mão para pegá-la, viu uma labareda. A explosão da bomba, que Estela havia deixado ali para garantir sua fuga, partiu ao meio a fuselagem, e o corpo de Ferrain, despedaçado, voôu pelos ares.

O MISTÉRIO DOS TRÊS SOBRETUDOS

Foi Ernestina quem descobriu o ladrão, mas a polícia jamais soube disso, do contrário Ernestina teria passado um longo tempo na prisão. O mistério nunca foi esclarecido.

Atendo-me aos fatos tal como me foram narrados, poderia afirmar que o "enigma da loja" foi um dos tantos dramas obscuros que se tecem nas entranhas das grandes cidades, onde graves episódios adquirem o contorno de bagatelas nas consciências de pessoas que vão sobrevivendo em ambientes acanhados de trabalho e de duras responsabilidades.

A polícia fez investigações superficiais e logo desistiu de procurar o autor ou a autora, decerto por julgar que o assunto não merecia a atenção dos agentes, ocupados em novidades de maior transcendência.

Os empregados da "Casa Xenius, vestuário masculino e feminino, artigos de confecção etc." atribuíram ao sucedido o nome de *O mistério dos três sobretudos*.

Na seção *Expedição para o interior* começaram a desaparecer alguns artigos.

Um dia foi um cinto, um cinto sem fivela, sinal de que o ladrão ia pegando o que encontrava à mão. Outro dia foi um envelope com doze pesos, que Ernestina esquecera em sua gaveta. Outro dia ainda, um corte de seda. Um retalho de um metro, avaliado em oito pesos...

O furto continuado revoltava os empregados da loja. Não pela quantidade em si, embora isso também fosse importante. O caso é que o desaparecimento das mercadorias, por desvaliosas que fossem, criava um clima de inquietude. Entre eles havia um ladrão ou uma ladra. Ora, cada qual era responsável pelos artigos de sua seção e isso significava que todos estavam sendo afetados. Todos eles tinham problemas financeiros, seus reduzidos ordenados mal cobriam as necessidades mais prementes. O desaparecimento de um artigo de cinco ou dez pesos não era exatamente uma desgraça, mas desequilibrava o orçamento do prejudicado. Além disso, aquele que tivera o prejuízo sempre pensava que o fato poderia repetir-se e esse temor os alvoroçava: até em sonhos se viam pagando por furtos que ainda não tinham ocorrido.

Ainda não estavam esgotados os comentários sobre o sumiço do retalho de seda, que tivera lugar na semana anterior, quando outra novidade explodiu como uma bomba: tinham desaparecido três sobretudos.

O próprio gerente da Casa Xenius, quando soube, não pôde evitar um calafrio.

O furto de três sobretudos numa firma organizada é motivo mais do que suficiente para alarmar até mesmo os acionistas. No entanto, a pedido dos empregados da seção *Vestuário masculino*, o gerente não comunicou o escândalo. Os sete empregados da seção desembolsaram o valor do prejuízo.

Eu poderia escrever um livro com os diálogos, conjeturas e deduções do pessoal da loja, mas terei de me limitar a umas poucas linhas:

– Pode um empregado ou uma empregada ou o vigia furtar um corte de seda?

– Sim, pode.

– Pode um empregado ou uma empregada ou o vigia furtar um par de meias?

– Sim, pode.

– Pode um empregado ou uma empregada ou o vigia furtar três sobretudos?

– Não, não pode. Três sobretudos não cabem num bolso. Três sobretudos fazem um volume enorme. Por isso, o furto de três sobretudos é materialmente impossível.

– A questão é que os sobretudos desapareceram – disseram alguns.

– Foram furtados um por um – disseram outros.

– Mas como os tiraram da seção?

Ninguém sabia a resposta. A casa, à noite, ficava completamente fechada. No interior da loja, além do vigia, trabalhavam três homens na limpeza. Poder-se-ia suspeitar do vigia, mas o vigia não se afastava da loja durante a noite, e pela manhã, ao retirar-se, fazia-o na presença do chefe, cujo olhar de águia examinava o coxo dos pés à cabeça. Não conseguiria enrolar o sobretudo numa perna, era impossível. Também não poderia vestir o sobretudo novo debaixo do velho, todo mundo notaria. De resto, necessitaria da cumplicidade do pessoal da limpeza e ninguém estava disposto a se arriscar por tão pouco. E por que, afinal, o ladrão tinha de ser justamente o vigia?

Havia outra possibilidade: que os homens da limpeza ou mesmo o vigia, pelo terraço, transferissem as mercadorias para uma casa vizinha. Mas a Casa Xenius não tinha terraço, o andar superior era o escritório. Verdade que havia janelas que davam para um pátio escuro, mas essas janelas eram gradeadas e cada andar sobre o pátio estava separado do outro por uma rede de arame, de modo que se alguém, agindo no quarto andar, quisesse lançar pacotes a um cúmplice que esperasse lá embaixo, os pacotes não passariam.

Menciono esses pormenores porque os empregados da Casa Xenius os discutiram longamente.

Era evidente que o ladrão ou a ladra estava

entre eles, era um colega de serviço, um funcionário inferior (ou superior), um homem da limpeza ou um mandalete, mas, de qualquer modo, sempre estava ali e era perigoso. Desde o gerente, que nessa noite comentou o assunto com sua esposa, até o menino do elevador, todos estavam angustiados. Quais seriam as próximas novidades?

Uma das mais interessadas era Ernestina, empregada da seção *Expedição para o interior*, que, como se sabe, fora lesada pelo ladrão em doze pesos.

Ernestina acreditava ter uma pista que poderia levá-la à identificação do ladrão. Esta empregada merece uma referência, pois sua atuação foi importante e curiosa.

Ativa como mulher de anão, Ernestina, fisicamente, era mais magra do que um gato faminto. Quando se sentia contente gostava de subir nas árvores, como os gatos. Observando-se sua minúscula figura não se pensaria que fosse, como era, tão vigorosa e resistente. Seus tapas eram tremendos.

Ernestina aspirava a ser. Sabe-se lá o que aspirava a ser, mas a ser algo ela aspirava, pois, quando saía do serviço, dia sim, dia não, freqüentava uma porção de diferentes cursos. Estudava inglês, estenografia, francês. Seus conhecidos não sabiam o que admirar mais: se sua magreza, sua resistência ou sua atividade.

Pessoalmente, estava indignada com o ladrão.
– Esse homem é um canalha – dizia. – Na ver-

dade ele está roubando de nós, que somos mais pobres do que os ratos.

E o que não disse foi isto: "É tão ladrão que rouba até os pãezinhos que guardamos para o café com leite".

Não disse, mas pensou.

Quase todas as empregadas levavam para o serviço uma garrafa térmica de café com leite. Ernestina já havia notado que, quando não comia todos os pãezinhos e guardava as sobras na gaveta, a mão misteriosa as consumia.

Sem nada comentar, tinha deduzido:

1. O ladrão não era empregado ou empregada. Nenhum empregado ou empregada ficava na loja após o expediente e, além disso, nenhum deles roubaria do colega os pãezinhos do café.

2. O ladrão dos pãezinhos era um homem que andava a pilhar qualquer coisa depois que todos iam embora.

3. Um homem que é capaz de vasculhar uma gaveta e roubar um pãozinho é um ser humano sem sensibilidade, com a exata mentalidade para roubar um cinto sem fivela, um metro de seda ou três sobretudos.

4. O ladrão dos pãezinhos era o mesmo ladrão das outras coisas e permanecia na loja somente à noite.

Contudo, teve um escrúpulo: e se estivesse enganada? Era factível que, durante a noite, um dos homens encarregados da limpeza, revisando as gavetas, encontrasse os pãezinhos, e supondo que eram restos os lançasse no lixo. Se assim fosse, sua tese estava errada.

Resolveu fazer um teste.

Naquele dia, na hora do café, comeu um bolo inglês ao invés do pãozinho. Depois de dar uma mordida, deixou a sobra na gaveta.

Passaram-se três dias. O bolinho mordido continuava na gaveta. O homem que fazia sumir os pãezinhos, portanto, não era o homem da limpeza, do contrário o bolinho teria tido o mesmo destino.

E logo explodiu outra bomba: da seção *Chapéus para homens* desapareceram vinte chapéus. Vinte chapéus não podiam ser escondidos num bolso ou dentro da roupa. O pessoal da Casa Xenius estava atônito. Um deles mencionou o filme *O homem invisível* e muitos se sentiram tentados a admitir que o ladrão era um ente sobrenatural. Foram interrogados o vigia e os homens da limpeza. Foi chamada a polícia, sem resultado. A situação dos empregados se tornou exasperante. Na saída, tropeçavam com vigilantes que os olhavam fixamente. Muitos deles, sem que os outros soubessem, foram revistados. Sempre inutilmente. Em certa tarde, ao fim do expediente, Ernestina foi chamada à gerência. Aguardava-a uma senhora, que a revistou. Ernestina chegou em casa fula de raiva.

Aquela humilhação era intolerável, mas ela não

estava em condições de renunciar ao emprego. Nessa noite, enquanto meditava com os cotovelos na mesa, ocorreu-lhe uma idéia diabólica.

Ela mesma ia dar um jeito no ladrão.

Resoluta, entrou no laboratório fotográfico do irmão. No armário havia um pote com cianureto de potássio. Juntou num papel aproximadamente um grama de veneno e retornou ao quarto. Pegou um pãozinho e, com um canivete, afastou delicadamente a casca, fez um furinho na massa e introduziu o veneno. Fechou o buraco, rebaixou a casca e pôs o pãozinho em sua merendeira, junto com a térmica.

No dia seguinte, antes de sair do serviço, num momento em que ninguém a via, deixou o pãozinho na gaveta.

Regressou para casa com remorso pelo que tinha feito. Mas era preciso fazer alguma coisa.

Para esquecer-se, foi ao cinema com as irmãs. Embora se esforçasse para pensar noutras coisas, o drama em preparação pulsava com violência em suas veias.

Dormiu e não dormiu naquela noite. Uma mão carnuda e forte, de dedos grossos, passava diante de seus olhos, roçava-lhe o braço e o rosto com sua manga tosca, abria a gaveta da mesa, retirava o pãozinho...

O cansaço foi mais forte do que seu temor secreto e, de madrugada, conseguiu dormir. Tiveram de chamá-la várias vezes pela manhã. Vestiu-se aos sobressaltos.

Na loja, ao entrar no elevador, disse-lhe o menino:

– Dona Ernestina, já sabe que acharam o ladrão?

Ernestina deixou cair a carteira no chão. Abaixou-se para recolhê-la, mas já recobrava o domínio de si mesma.

– Sim?
– Era o vigia.
– O vigia?
– Encontraram uma perna cheia de gravatas. Parece que se suicidou.

Ao chegar à seção *Expedição para o interior*, todos comentavam o fato.

Ao amanhecer, o pessoal da limpeza encontrara o vigia morto, ao lado de sua xícara de café com leite. Erguendo-o, descobriram que tinha uma perna postiça. Veio a polícia. O vigia, na verdade, não tinha uma perna. Usava uma ortopédica. Em seu interior, naquela noite, tinha escondido duas dúzias de fitas para máquina e sete gravatas de seda.

A polícia revistou a casa onde morava. Em seu quarto encontraram outra perna, de madeira maciça. Quando não estava disposto a furtar, usava a perna honesta. Comprovou-se que na perna oca cabia folgadamente um sobretudo enrolado, desde que descosturassem as mangas. Por isso, a polícia não levou adiante as investigações para descobrir quem dera ao vigia o pãozinho com veneno.

Nesse dia, todos os empregados da Caxa Xenius sentiram-se aliviados, inclusive Ernestina.

O ENIGMA DAS TRÊS CARTAS

O senhor Perolet deu meia-volta e viu o vulto de seu perseguidor, que tentava ocultar-se atrás do arco de entrada da Rua do Peixe e da Maçã. Enfiou a mão no bolso do capote, certificando-se de que trazia o revólver. Teve de fazer um grande esforço para aproximar-se da coluna de pedra.

O perseguidor desaparecera. Em seu lugar, ao pé da coluna, um menino que vendia sardinhas mostrou-lhe uma frase escrita com giz, que dizia: "Cruel Perolet, amanhã ou depois vou te matar".

O senhor Perolet jamais se sentira obrigado a ter rompantes de herói. Por isso, ao pensar que seu obstinado inimigo podia ser um louco, suas pernas tremeram, afrouxaram-se as articulações de seus joelhos e um suor frio lhe escorreu pela testa. Maquinalmente, procurou no colete uma moeda de cobre, lançando-a para o menino das sardinhas, que via através de uma neblina. E pôs-se a caminhar, sem olhar para o sol que brilhava nas ruas laterais.

O senhor Perolet estava aterrorizado, até porque não era cruel.

Se tivéssemos de defini-lo, diríamos que era um homem bondoso e inofensivo. Suíço francês, negociava bonequinhos de madeira, uma das indústrias mais comuns na pátria de Guilherme Tell. Radicado em Paris, inundava as capitais provinciais com bonequinhos de cedro, que os turistas compravam pensando que levavam uma lembrança regional. E de repente chegou a ameaça do misterioso inimigo, uma carta incompreensível:

Perolet, sabemos que te dedicas à espionagem. Vai embora para teu país ou te matamos.

Perolet jogou a carta no lixo, sem dar-lhe importância. Três dias depois, a segunda carta:

Perolet, sabemos que jogaste nossa primeira carta no cestinho de arame. Estás brincando com fogo.

O senhor Perolet estremeceu. Ele ocupava uma sala independente, onde guardava, organizadamente, as caixas de bonequinhos. Não tinha empregados. Como, diabo, tinham descoberto que lançara a carta no cesto de arame? Uma carta de expressões vagas não teria assustado Perolet, mas a referência concreta e exata o deixou pálido de horror. Vigiavam-no e queriam matá-lo.

Perolet foi à polícia. Contou ao funcionário tudo o que havia ocorrido nos últimos dias. Acrescentou que desconfiava da própria polícia, mas que ele, de modo algum, era um espião. Depois de perder várias horas numa sala mal-iluminada e cheirando a fumo e a caserna, foi despachado pelo divertido funcionário com a recomendação de que não fizesse caso daquelas peças de mau gosto, tramadas, decerto, por algum concorrente velhaco.

O senhor Perolet resolveu tranqüilizar-se. Quando chegou em casa e comunicou à esposa o resultado das providências, Isidora Perolet balançou a cabeça, consternada.

– Por que não voltas para Berna? Eu ficaria aqui, com meus pais, e cuidaria do negócio.

– Ora, ora, tens medo desses valentões? – rugiu o senhor Perolet, que se sentia perigoso quando estava em casa.

Tocou a campainha. Isidora foi atender e um mensageiro entregou um pacote. Era freqüente a chegada de pacotes. Isidora o colocou na mesa da copa e, abrindo-o, deu um grito: trazia um ameaçador objeto metálico. Era uma bomba. Isidora recuou em silêncio. O senhor Perolet viu o artefato e, levando a mão ao coração, gritou também. E caiu no tapete. Acudiram vizinhos e logo alguns guardas. O senhor Perolet foi conduzido a uma farmácia e posto fora de perigo, enquanto a bomba era levada por policiais especializados em explosivos.

Horas depois chegava o laudo dos técnicos: "A bomba consta de um envoltório enegrecido, de lata, contendo uma porção de musse de chocolate". No interior havia um bilhete:

Perolet, te prepara para receber uma de ferro e dinamite.

Dizia o laudo que a musse de chocolate era "totalmente comestível e, portanto, inócua".

O senhor Perolet pensou que ia enlouquecer. Na grande cidade se ocultava um homem que desejava sua morte. E não se contentava com cartas!

Três dias depois um inspetor o visitou. Perolet falou-lhe sobre as cartas. Acreditava não ter inimigos. No entanto, aqueles sujeitos queriam fazer-lhe mal e estavam informados de todos os seus movimentos.

Isidora, sua esposa, vinte anos mais jovem, movia gravemente a cabeça diante do inspetor, que não estava indiferente aos seus encantos. Em seguida o homem foi embora, preocupado. Sem dúvida, alguém odiava o senhor Perolet.

Passados quinze dias, o senhor Perolet achou no escritório outro pacote. Ressabiado, chamou o porteiro, pedindo que o abrisse. E foi esperar no corredor. Ao voltar, encontrou o homem pálido e sem voz, encostado na parede.

Eis o que ocorrera: aberto o pacote, uma serpente pulara para fora e, coleando vertiginosamente, fugira para o corredor. Os funcionários dos outros escritórios chegaram a procurá-la, sem resultado. O síndico veio falar com o senhor Perolet e solicitou que se mudasse. Perolet nada disse, mas, quarenta e oito horas depois, carregou seus móveis e os bonequinhos num caminhão.

Foi nesse dia que, saindo do escritório, notou que alguém o seguia, e ao aproximar-se da coluna de pedra viu o menino das sardinhas, que mostrou a frase escrita com giz.

Perolet retirou do bolso uma correspondência que recebera. Dizia: "A Agência Juve oferece seus serviços ao senhor Perolet. Preços módicos. Discrição absoluta".

Nosso perseguido dirigiu-se à Rua de Tiquetonne, onde a Agência Juve tentava aliviar a humanidade de suas preocupações, com discrição absoluta.

A Agência Juve, apesar de sua publicidade, era um cochicholo escuro, com uma grande mesa ao centro. Noutros tempos, essa mesa teria sido consagrada aos misteres da fiambreria. Agora, coberta de papelotes, formulários e plantas, servia de parapeito a um senhor baixinho, com uma calvície singular – sua cabeça, lisa em cima como um ovo, estava rodeada, na altura das orelhas, de uma linha de pêlos enroscados, como subtraídos de um cão de madame. O senhor Perolet o cumprimentou, sentou-se e acusou o recebimento da correspondência.

O homenzinho da cabeça de ovo discursou:

— Sou o diretor da agência e faço minha propaganda através de circulares enviadas a comerciantes que figuram no guia telefônico. Não se surpreenda com nossas modestas instalações. O luxo exige despesas que sempre são pagas pelo cliente. O que o senhor prefere? Uma eficiente investigação ou uma empresa que debitaria o aparato em sua conta?

Aquilo era lógico e honradamente comercial. O senhor Perolet se sentiu convencido. Num tom de quem precisa de lenço para as lágrimas, começou seu estranho relato. Quando chegou ao capítulo da bomba, o diretor da Agência Juve o interrompeu:

— Essa bomba... não era uma caixinha com areia?

Intrigado, respondeu o senhor Perolet:

— Não, estava cheia de musse de chocolate. Como o senhor sabe que era uma bomba falsa?

— Se fosse verdadeira, o senhor não estaria aqui.

O senhor Perolet concordou, impressionado. O raciocínio do homenzinho era simples e direto. Continuou o relato de suas vicissitudes. O cabeça de ovo tomava notas rapidamente. De repente, levantou-se, como um fantoche que salta de uma caixa de surpresas, inclinou-se para Perolet e o apontou com o dedo:

– O senhor é doente do coração.

O senhor Perolet gaguejou, atônito:

– Sim, sou doente. Como adivinhou?

O diretor da Agência Juve sorriu, superior:

– A questão é simples. Não houve nesses atentados intenção direta de feri-lo ou matá-lo. Primeiro, as cartas anônimas, depois uma bomba de chocolate, depois ainda uma serpente que, decerto, era uma cobra d'água. Enfim, seu caso pode ser definido como de "agressão indireta". Contra quem se comete uma "agressão indireta"? Contra quem está enfermo do órgão vital e pode morrer durante uma intensa comoção.

O senhor Perolet assentia, abismado. Tinha a impressão de se encontrar frente a frente com o mais lógico dos homens. Que simples e profundo era aquilo tudo!

O cabeça de ovo prosseguiu:

– Quem seria beneficiado com sua morte? Quem herdaria seus bens?

– Minha esposa – balbuciou o senhor Perolet.

– Ela tem vinte anos menos do que o senhor. O homem que o seguiu, que escreveu a ameaça na coluna de pedra, deve ser o amante dela. Senhor Perolet, a investigação completa lhe custará dois mil francos. Mil à vista e mil na entrega do culpado à polícia.

Perolet deixou cair a cabeça no peito. Estava arrasado, jamais cogitara daquele desenlace. Sua esposa a culpada! Apertando o coração, que parecia querer fugir do peito, olhou, desesperado, para o diretor da Agência Juve, e murmurou, com um sopro de voz:

– Não esperava por isso. Isidora! Tem certeza?

Tirou o talão do bolso, preencheu um cheque e o entregou.

Ocorreu, então, algo espantoso.

A porta da agência tombou, arrebentada por um pontapé, e apareceram em cena três policiais e o inspetor que visitara Perolet. E o inspetor, dirigindo-se ao diretor da Agência Juve, gritou:

– Te pegamos, Girolamo Lenescu! Agora não escapas.

O homenzinho era sensato. Não tentou fugir. Pegando o cheque, devolveu-o ao assombrado senhor Perolet.

– Senhor Perolet – disse o inspetor –, tenho a satisfação de lhe comunicar que descobrimos seu misterioso inimigo e o golpe que estava tramando. Este homem, Girolamo Lenescu, romeno de nascimento e vigarista internacional, esteve empregado, durante certo tempo, numa companhia de seguros, tendo a oportunidade de informar-se de todos os contratos recusados por motivo de doença cardíaca do proponente. Inventou, então, o ardil da perseguição e da "agressão indireta", oferecendo seus serviços de detetive particular às mesmas pessoas, depois de atemorizá-las com ameaças. Claro está que as vítimas, ao ouvir as interpretações lógicas deste homem, pensavam achar-se diante de um extraordinário detetive, e o incumbiam de uma investigação que, afinal, não passava de uma bandalheira.

O senhor Perolet suspirou, aliviado.

– Como descobriram?

– Nada demais. Interceptamos, no Correio, todas as cartas dirigidas ao senhor. Quando chegou o oferecimento da Agência Juve, tivemos a certeza de estar na presença dos autores da "agressão indireta". Uma discreta vigilância fez o resto.

O senhor Perolet entregou o cheque ao policial.

– Senhor inspetor, se não morri até agora, com essas emoções, acredito que...

Girolamo Lenescu, que até então permanecera em silêncio, interveio:

– Senhor Perolet, fique tranqüilo. Os homens de coração de cristal são aqueles que têm vida mais longa.

Um crime quase perfeito

As alegações dos três irmãos da suicida foram checadas. Não tinham mentido. O mais velho, Juan, permanecera das cinco da tarde até a meia-noite (a senhora Stevens se suicidou entre sete e dez da noite) detido numa delegacia, por sua imprudente participação num acidente de trânsito. O segundo irmão, Esteban, estivera no povoado de Lister desde as seis da tarde daquele dia até as nove do seguinte. Quanto ao terceiro, Doutor Pablo: ele não se afastara em nenhum momento do laboratório de análise de leite da Cia. Erpa, mais exatamente do setor de doseamento da gordura.

O curioso é que, naquele dia, os três irmãos tinham almoçado com a suicida, comemorando seu aniversário, e ela, por sua vez, em nenhum momento deixara entrever uma intenção funesta. Todos comeram alegremente e, às duas da tarde, os homens se retiraram.

Suas declarações coincidiram em tudo com as da criada que, desde muitos anos, trabalhava para a senhora Stevens. Essa mulher, que não dormia no emprego, às sete da tarde foi para casa. A última ordem que recebeu foi a de dizer ao porteiro que trouxesse o jornal da tarde. Às sete e dez o porteiro entregou o jornal à senhora Stevens, e o que fez esta antes de matar-se pode ser presumido logicamente. Revisou os últimos lançamentos da contabilidade doméstica, pois a livreta estava na mesa da copa, com os gastos do dia sublinhados. Serviu-se de whisky com água e nessa mistura deixou cair, aproximadamente, meio grama de cianureto de potássio. Pôs-se a ler o jornal, depois bebeu o veneno e, ao sentir que ia morrer, levantou-se, para logo tombar no chão atapetado. O jornal foi achado entre seus dedos contraídos.

Tal foi a primeira hipótese, construída a partir de um conjunto de coisas pacificamente ordenadas no interior da residência, mas esse suicídio estava carregado de absurdos psicológicos e não queríamos aceitá-lo. No entanto, só a senhora Stevens podia ter posto o veneno no copo. O whisky da garrafa não continha veneno. A água misturada também era pura. O veneno, claro, podia estar no fundo ou nas paredes do copo, mas esse copo tinha sido retirado de uma prateleira onde havia uma dúzia de outros iguais: o eventual assassino não havia de saber qual copo a senhora Stevens escolheria. De resto, o laboratório da polícia nos informou que nenhum copo tinha veneno em suas paredes.

A investigação não era fácil. As primeiras provas – provas mecânicas, como eu as chamava – sugeriam que a viúva morrera por suas próprias mãos, mas a evidência de que, ao ser surpreendida pela morte, estava distraída na leitura do jornal, tornava disparatada a idéia do suicídio.

Essa era a situação quando fui designado por meus superiores para continuar a investigação. A informação de nosso laboratório era categórica: havia veneno no copo que a senhora Stevens usara, mas a água e o uísque da garrafa eram inofensivos. O depoimento do porteiro era igualmente seguro: ninguém visitara a senhora Stevens depois que lhe entregara o jornal. Se após as diligências iniciais eu tivesse concluído o inquérito optando pelo suicídio, meus superiores nada teriam objetado. Porém, concluir o inquérito nesses termos era a confissão de um fracasso. A senhora Stevens tinha sido assassinada e havia certo indício: onde estava o envoltório do veneno? Por mais que revistássemos a casa, não encontramos a caixa, o envelope ou o frasco do tóxico. Aquilo era eloqüente.

E havia outra questão: os irmãos da morta eram três malandros. Os três, em menos de dez anos, tinham posto fora os bens herdados dos pais, e seus atuais rendimentos não eram satisfatórios. Juan trabalhava como ajudante de um advogado especializado em divórcios. Mais de uma vez sua conduta anterior se mostrara suspeita, dando margem à presunção de chantagem. Esteban era corretor de seguros e havia feito um seguro para sua irmã, sendo ele mesmo o beneficiário. Quanto a Pablo: era veterinário, mas tivera seu registro profissional cancelado pela justiça, após ser condenado por dopar cavalos. Para não morrer de fome empregara-se na indústria leiteira, no setor de análises.

Assim eram os irmãos.

Já a senhora Stevens tinha enviuvado três vezes. No dia de seu "suicídio" estava completando 68 anos, mas era uma mulher extraordinariamente conservada, corpulenta, forte, enérgica, de cabelos viçosos, e tinha condições de pretender novo casamento. Dirigia a casa com alegria e pulso firme. Adepta dos prazeres da mesa, sua despensa estava magnificamente provida de vinhos e comestíveis, e não há dúvida de que, sem aquele "acidente", teria vivido cem anos. Supor que uma mulher como ela seria capaz de suicidar-se era desconhecer a natureza humana. Sua morte beneficiaria cada um dos três irmãos com duzentos e trinta mil pesos.

O cadáver foi descoberto pelo porteiro e pela criada às sete da manhã, quando esta, não conseguindo abrir a porta, que estava trancada por dentro, chamou o homem para ajudá-la. Às onze da manhã, como creio ter dito anteriormente, estava em nosso poder a informação do laboratório. Às três da tarde, eu deixava o quarto em que estava detida a empregada, em sua própria casa, com uma idéia na cabeça: o assassino arrancara um vidro da janela para entrar na casa, e após deitar veneno ao copo recolocara o vidro no lugar. Era uma fantasia de romance policial, mas convinha verificar a hipótese.

Saí da residência da senhora Stevens decepcionado. Minha especulação era falsa. A massa dos vidros não tinha sido removida.

Decidi caminhar e pensar um pouco, o "suicídio" da senhora Stevens me preocupava bastante. Não policialmente, mas, diria, esportivamente. Estava diante de um assassino sagaz, possivelmente um dos três irmãos, que se valera de um expediente simples e ao mesmo tempo misterioso, impossível de ser detectado na nitidez daquele vazio.

Absorvido em minhas conjeturas, entrei num café, tão ausente do mundo que, embora detestasse bebidas alcoólicas, pedi um uísque. Quanto tempo esteve a bebida, sem ser tocada, diante dos meus olhos? Não sei. De repente, vi o copo de uísque, a garrafa d'água, o pratinho com gelo. Atônito, fiquei olhando aquilo. Uma hipótese dava grandes saltos em meu cérebro.

Chamei o garçom, paguei a bebida que não tomara, embarquei num táxi e fui à casa da criada. No quarto, me sentei à frente dela.

– Olhe-me nos olhos – disse-lhe –, e veja bem o que vai responder: a senhora Stevens tomava uísque com gelo ou sem gelo?

– Com gelo, senhor.

— Onde comprava o gelo?

— Não comprava, senhor. Em casa há uma geladeira pequena que faz gelo em cubinhos – e a criada, como acordando, prosseguiu: – Agora me lembro, a geladeira estava estragada. Ontem, o senhor Pablo a consertou num instante.

Uma hora depois nos encontrávamos na residência da senhora Stevens: o químico de nosso laboratório, o técnico da fábrica que vendera a geladeira, o juiz de instrução e eu. O técnico retirou a água do depósito do congelador e vários cubinhos de gelo. O químico iniciou seu trabalho e, minutos depois, disse:

— A água está envenenada, os cubos também.

Olhamo-nos, contentes. O mistério tinha terminado.

Agora era um mero jogo a reconstituição do crime. O doutor Pablo, ao trocar o fusível da geladeira (era este o defeito, segundo o técnico), lançara no congelador certa quantidade de veneno dissolvido em água. Sem suspeitar, a senhora Stevens preparara seu uísque. Retirara um cubinho do congelador (o que explicava o prato com gelo derretido, encontrado na mesa) e o colocara no copo. Sem imaginar que a morte a esperava em seu vício, passara a ler o jornal, até que, julgando o uísque suficientemente gelado, tomara um gole. Os efeitos não tardaram.

Faltava prender o veterinário. Em vão o esperamos em sua casa. Ignoravam onde estava. No laboratório da indústria leiteira nos informaram que lá chegaria só às dez da noite.

    Às onze, o juiz, meu superior e eu nos apresenta-mos no laboratório da Erpa. O doutor Pablo, quando nos viu em grupo, levantou o braço, como se quisesse anatematizar nossas conclusões. Abriu a boca e despencou ao lado de uma mesa de mármore. Um infarto o matara. Em seu armário estava o frasco do veneno. Foi o assassino mais engenhoso que conheci.

Outro Arlt, idêntico a si mesmo

Pablo Rocca

I

As histórias que integram esta coletânea jamais foram reunidas em volume pelo autor. A auspiciosa descoberta oferece uma nova perspectiva da obra de Roberto Arlt (Buenos Aires, 1900-1942) e também da literatura policial argentina. Há dez anos se soube, graças às investigações de Omar Borré – precisamente o responsável pelo achado –, que Arlt publicou uns setenta relatos na imprensa periódica, dos quais incluiu em livro apenas vinte e quatro (quinze em *El jorobadito,* 1933, nove em *El criador de gorilas*, 1941). A maior parte ficou inédita[1].

Por volta de 1931, o escritor, cuja idade era a do século, já vivera intensamente e tinha uma extensa e quase acabada obra em prosa. Aos vários contos publicados se somavam seus três primeiros e melhores romances (*El juguete rabioso*, 1926, *Los siete locos*[2], 1929, e sua continuação, *Los lanzallamas*, 1931), além de centenas de crônicas, as "águas-fortes" que, desde 14 de agosto de 1928, vinham aparecendo regularmente em *El Mundo* –

bem sucedidas notas que flutuavam, "horrivelmente diagramadas, entre as páginas 4 e 6 do matutino", segundo informa Osvaldo Soriano[3].

Esses textos padeceram de um infortúnio semelhante ao de seus contos: muitos deles continuaram dispersos naquelas páginas agora secretas.

Nessa época, embora sem negligenciar a narrativa, Arlt decide escrever peças de teatro, uma mudança de rota comum a vários autores contemporâneos, atentos às transformações sociais e políticas do mundo dilacerante em que viviam e convictos de obter, na ribalta, uma comunicação mais imediata e massiva com o público[4].

"Escrevi sempre em redações barulhentas, acossado pela obrigação da coluna diária", diz o autor, no preâmbulo de *Los lanzallamas*. Outro assédio mais forte, quase uma imposição externa ou mesmo um mandato, daria alento à sua escritura: vida e milagres dos tipos humanos da tumultuosa Buenos Aires que ele conheceu e reproduziu em sua literatura, a cidade multitudinária que recorreu palmo a palmo – como o faz Silvio Astier, seu *alter ego* em *El juguete rabioso* – a violência e o crime dos quais prestava contas diariamente, como cronista policial nas páginas de *Crítica* (1927).

Considerados seus antecedentes, modalidades de produzir e obsessões literárias, estas histórias "policiais"[5] eram uma conseqüência inevitável. O fascínio de Arlt pela violência e pelo crime, presente em todo o seu trabalho visível, fatalmente o levaria a escrevê-las.

Essa predestinação foi percebida por outro grande escritor. Roberto Arlt – anotou Ricardo Piglia – faz em várias páginas uma "assimilação (...) da crítica com a perseguição policial (...), identifica sempre a escritura com o crime, a bandalheira, a falsificação, o roubo"[6].

Em 1953, ao fazer a primeira seleção de contos policiais argentinos, Rodolfo Walsh afirmou, categoricamente: "Há dez anos, em 1942, apareceu o primeiro livro de contos policiais em castelhano. Seus autores eram Jorge Luis Borges e Adolfo Bioy Casares. Chamava-se *Seis problemas para don Isidro Parodi*"[7].

Mais tarde, em 1977, dois estudiosos, explorando a riqueza do gênero na Argentina, perceberam o equívoco de Walsh. Demonstraram que os precursores – Luis V. Varela, Paul Groussac, Eduardo L. Holmberg, Horacio Quiroga e Vicente Rossi – tinham escrito relatos policiais segundo os modelos de Edgar Allan Poe, Conan Doyle e inclusive Gastón Leroux, uma "tradição que traz muitos ingredientes da velha literatura de folhetim, com seu *deus ex machina*, seus truques, suas inverossimilhanças e seus apelos ao sentimental e ao extraordinário"[8]. Roberto Arlt recorre a muitos desses expedientes em seus relatos "criminais". E embora esse importante ensaio não mencione, os contos policiais de Arlt obrigam a uma reordenação do *corpus* literário argentino e a um questionamento das nutridas apreciações críticas da obra desse criador singular.

II

Atraído pelas condições da *vida puerca* bonaerense e pelas zonas obscuras da alma humana, e também – como observa Jorge B. Rivera – em decorrência de sua extração social e de sua formação peculiar, "Arlt possui uma visão mais permeável e aberta da literatura e das tradições literárias, que lhe permite colocar-se numa postura receptiva e integradora (...) frente às polarizações exclusivistas dos escritores de Boedo e de Florida"[9]. Com a mesma disposição com que rechaça a filiação estrita a um só rosto do realismo, pôde libertar-se do preconceito imperante em seu tempo a respeito da narrativa policial, então considerada – e por muito tempo mais – uma categoria menor.

É sabido que a denominação "literatura policial", como todo rótulo, não define o gênero com precisão. Mas – a comodidade obriga – pelo menos seis dos contos de Arlt aqui reunidos se inscrevem nessa linha. Se estão ligados a alguma tradição de gênero, esta é a do relato policial de "enigma" ou "problema" e não a da narração que também mostra abrangência social, nas vertentes de Dashiell

Hammet ou James Hadley Chase. Uma articulação "engenhosa" e "artificial" – segundo a depreciativa opinião de Borges – caracteriza essa tendência: "Os crimes, geralmente, não são descobertos mediante raciocínios abstratos, mas por obra da fortuna e através de informações ou delações"[10].

Examinemos o funcionamento dessas técnicas nos delitos literários de Arlt, sempre resolvidos com o "final de efeito" que pedia Poe e que também Quiroga soube usar.

A primeira regra, o acaso, predomina em *A pista dos dentes de ouro*: a fortuita descoberta de um pedaço de papel brilhante permite a elucidação da horrível morte de Domenico Salvato. Não obstante, o desenlace contradiz, em parte, a definição borgiana, uma vez que a dentista encobre o assassino. Também *A vingança do macaco* e *O mistério dos três sobretudos* são típicos contos de "enigma". No primeiro caso – notoriamente inspirado em *O duplo assassinato da Rua Morgue*, de E. A. Poe –, uma ocorrência acidental desvia o curso de um crime planejado nos mais ínfimos detalhes. No segundo exemplo, uma falha desenreda a intrincada execução de um truque bem construído.

Por sua vez, *O enigma das três cartas* e *Um crime quase perfeito* dão prioridade à "informação" que, matizada por pistas falsas, o narrador vai filtrando, de modo que possamos, no curso da história, destrinçar, respectivamente, um hábil plano de extorsão e um assassinato premeditado. *Um argentino entre gângsteres*, no entanto, não se enquadra nas duas premissas borgianas: o engenheiro condenado pela máfia estadunidense "abstrai" a eliminação de seus captores, e o leitor acompanha esse procedimento até o brusco final.

Muito discutível seria a catalogação de *A dupla armadilha mortal* como conto do gênero em questão. Pelo tipo das personagens e pelos ingredientes políticos, afins com os dois romances já referidos (intrigas entre inimigos durante a guerra civil espanhola), este texto, que talvez seja o melhor de todos, é uma história de espionagem militar.

A conhecida vertente folhetinesca da narrativa artliana volta a jorrar em vários desses relatos, em dois deles parodiando os lugares comuns mais degradados do tema, presentes tanto no jornalismo como na literatura ou no cinema: "É o crime hediondo ansiado pelos leitores de dramalhões arrepiantes", diz, com evidente ironia, em *A pista dos dentes de ouro*. Ou "era uma fantasia de romance policial, mas convinha verificar a hipótese", comenta o engenhoso narrador de *Um crime quase perfeito*.

III

O dinheiro e o roubo (ou o dinheiro roubado) são dois aspectos centrais que se complementam em seus romances. Astier, em *El juguete rabioso*, prega o afeto ao "dinheiro dos latrocínios, aquele dinheiro que tinha para nós um valor especial e até parecia nos falar com expressiva linguagem (...), não o dinheiro vil e odioso que é preciso ganhar com trabalhos penosos". O roubo e a bandalheira movem primeiro Erdosain e logo seus parceiros em *Los siete locos* e em *Los lanzallamas*. O crime também perturba seus personagens. Assim, no primeiro desses romances, lê-se: "De acordo com o que estudamos no colégio, o crime acaba por enlouquecer o criminoso. Como pode ser que, na vida real, cometas um crime e consigas ficar tranqüilo?"

Todos os personagens de seus contos policiais são movidos pela ambição material, com a exceção de Lauro Spronzini em *A pista dos dentes de ouro*. Em tal sentido, os conflitos íntimos dos personagens perdem energia (não há nenhum tão complexo como o Rigoletto de *El jorobadito*). Não se assiste à elaborada metafísica do mal que se agita em seus romances. No entanto, os traços principais de sua obra não são de todo abandonados. Há em Lauro Spronzini uma vigorosa moral consubstanciada na vingança pela morte de um ente querido. Há, ao mesmo tempo, uma moral gansgsteriana coerente, apesar de seu desprezo pela vida e da perseguição de seus fins a qualquer preço (*Um argentino entre gângsteres*). De forma assimétrica, o conto *O mistério dos três sobretudos* recupera a fóbica condenação à falsa moral rapinante dos pequenos funcionários, um *leit motiv* de Arlt que – como diz sua filha Mirta, estudiosa da obra paterna –, "persegue o pequeno comerciante, com bengala parecida com a de Charlie Chaplin contra os guardas"[11]. Também estão presentes observações sociais sobre as penúrias econômicas e a vida opressiva de uma nova classe média portenha.

Voltam os personagens inventores, mas com aspirações um tanto mais modestas. Como Erdosain, que imagina a rosa de cobre, ou o Astrólgo, que sonha dirigir uma linha de produção de gases venenosos em *Los lanzallamas*, aqui o engenheiro Lacava fabrica, embora obrigado, uma roleta viciada (também o farmacêutico Ergueta, em *Los siete locos*, tinha essa fantasia). À sua maneira, o ladrão pode ser um inventor. Também as tramas da imaginação esboçadas em relatos maiores se convertem em contos, como a idéia de Barsut de enviar a Erdosain, para humilhá-lo, "uma bomba pelo correio, ou uma serpente numa caixa de papelão" (*Los siete locos*), dois procedimentos intimidatórios de que é vítima o cardíaco senhor Perolet em *O enigma das três cartas*.

"Há crimes que não podem ficar sem castigo", diz Arlt, numa frase de hausto dostoievskiano. Este volume apresenta uma coleção de contos de crimes quase perfeitos, para sua divulgação no Brasil. Há outros que estão impunes em páginas amareladas. Oxalá sejam prontamente esclarecidos.

NOTAS

1. Os sete contos do presente volume, mais o texto *El bastón de la muerte*, foram publicados na Argentina sob o título de *El crimen casi perfecto* (Buenos Aires, Clarín/Aguilar, 1994. 128p.).

2. Publicado no Brasil: *Os sete loucos*. Rio de Janeiro, Francisco Alves, 1982. 192p. Tradução de Janer Cristaldo.

3. SORIANO, Osvaldo. El inventor de Buenos Aires. *Página 12*. Buenos Aires, 26 jul. 1992. p.32.

4. Arlt publicou uma dúzia de obras dramáticas que, em seu conjunto, tampouco foram reunidas em livro.

5. Publicadas entre janeiro de 1937 e maio de 1940, nas revistas *Mundo Argentino* e *El Hogar*.

6. PIGLIA, Ricardo. Homenaje a Roberto Arlt. In: *Prisión perpetua*. Buenos Aires, Sudamericana, 1988. Nota ao pé da p.175.

7. WALSH, Rodolfo, org. *Diez cuentos policiales argentinos*. Buenos Aires, Hachette, 1953. p.8.

8. LAFFORGUE, Jorge & RIVERA, Jorge B. *Asesinos de papel*. Buenos Aires, Calicanto, 1977. p.19.

9. RIVERA, Jorge B. In: ARLT, Roberto. *Los siete locos*. Buenos Aires, Hachette, 1986. p.16. Boedo e Florida eram grupos literários bonaerenses.

10. BORGES, Jorge Luis. *Introducción a la literatura norteamericana*. Buenos Aires, Columba, 1967. p.56.

11. ARLT, Mirta. Presentación. In: ARLT, Roberto. *Los siete locos*. Buenos Aires, Fabril, 1968. p.9.

Coleção **L&PM** POCKET (LANÇAMENTOS MAIS RECENTES)

81. **O coração das trevas** – Joseph Conrad
82. **Um estudo em vermelho** – Arthur Conan Doyle
83. **Todos os sonetos** – Augusto dos Anjos
84. **A propriedade é um roubo** – P.-J. Proudhon
85. **Drácula** – Bram Stoker
86. **O marido complacente** – Sade
87. **De profundis** – Oscar Wilde
88. **Sem plumas** – Woody Allen
89. **Os bruzundangas** – Lima Barreto
90. **O cão dos Baskervilles** – Arthur Conan Doyle
91. **Paraísos artificiais** – Charles Baudelaire
92. **Cândido, ou o otimismo** – Voltaire
93. **Triste fim de Policarpo Quaresma** – Lima Barreto
94. **Amor de perdição** – Camilo Castelo Branco
95. **A megera domada** – Shakespeare / trad. Millôr
96. **O mulato** – Aluísio Azevedo
97. **O alienista** – Machado de Assis
98. **O livro dos sonhos** – Jack Kerouac
99. **Noite na taverna** – Álvares de Azevedo
100. **Aura** – Carlos Fuentes
102. **Contos gauchescos e Lendas do sul** – Simões Lopes Neto
103. **O cortiço** – Aluísio Azevedo
104. **Marília de Dirceu** – T. A. Gonzaga
105. **O Primo Basílio** – Eça de Queiroz
106. **O ateneu** – Raul Pompéia
107. **Um escândalo na Boêmia** – Arthur Conan Doyle
108. **Contos** – Machado de Assis
109. **200 Sonetos** – Luis Vaz de Camões
110. **O príncipe** – Maquiavel
111. **A escrava Isaura** – Bernardo Guimarães
112. **O solteirão nobre** – Conan Doyle
114. **Shakespeare de A a Z** – Shakespeare
115. **A relíquia** – Eça de Queiroz
117. **Livro do corpo** – Vários
118. **Lira dos 20 anos** – Álvares de Azevedo
119. **Esaú e Jacó** – Machado de Assis
120. **A barcarola** – Pablo Neruda
121. **Os conquistadores** – Júlio Verne
122. **Contos breves** – G. Apollinaire
123. **Taipi** – Herman Melville
124. **Livro dos desafaros** – org. de Sergio Faraco
125. **A mão e a luva** – Machado de Assis
126. **Doutor Miragem** – Moacyr Scliar
127. **O penitente** – Isaac B. Singer
128. **Diários da descoberta da América** – C.Colombo
129. **Édipo Rei** – Sófocles
130. **Romeu e Julieta** – Shakespeare
131. **Hollywood** – Bukowski
132. **Billy the Kid** – Pat Garrett
133. **Cuca fundida** – Woody Allen
134. **O jogador** – Dostoiévski
135. **O livro da selva** – Rudyard Kipling
136. **O vale do terror** – Arthur Conan Doyle
137. **Dançar tango em Porto Alegre** – S. Faraco
138. **O gaúcho** – Carlos Reverbel
139. **A volta ao mundo em oitenta dias** – J. Verne
140. **O livro dos esnobes** – W. M. Thackeray
141. **Amor & morte em Poodle Springs** – Raymond Chandler & R. Parker
142. **As aventuras de David Balfour** – Stevenson
143. **Alice no país das maravilhas** – Lewis Carroll
144. **A ressurreição** – Machado de Assis
145. **Inimigos, uma história de amor** – I. Singer
146. **O Guarani** – José de Alencar
147. **A cidade e as serras** – Eça de Queiroz
148. **Eu e outras poesias** – Augusto dos Anjos
149. **A mulher de trinta anos** – Balzac
150. **Pomba enamorada** – Lygia F. Telles
151. **Contos fluminenses** – Machado de Assis
152. **Antes de Adão** – Jack London
153. **Intervalo amoroso** – A. Romano de Sant'Anna
154. **Memorial de Aires** – Machado de Assis
155. **Naufrágios e comentários** – Cabeza de Vaca
156. **Ubirajara** – José de Alencar
157. **Textos anarquistas** – Bakunin
159. **Amor de salvação** – Camilo Castelo Branco
160. **O gaúcho** – José de Alencar
161. **O livro das maravilhas** – Marco Polo
162. **Inocência** – Visconde de Taunay
163. **Helena** – Machado de Assis
164. **Uma estação de amor** – Horácio Quiroga
165. **Poesia reunida** – Martha Medeiros
166. **Memórias de Sherlock Holmes** – Conan Doyle
167. **A vida de Mozart** – Stendhal
168. **O primeiro terço** – Neal Cassady
169. **O mandarim** – Eça de Queiroz
170. **Um espinho de marfim** – Marina Colasanti
171. **A ilustre Casa de Ramires** – Eça de Queiroz
172. **Lucíola** – José de Alencar
173. **Antígona** – Sófocles – trad. Donaldo Schüler
174. **Otelo** – William Shakespeare
175. **Antologia** – Gregório de Matos
176. **A liberdade de imprensa** – Karl Marx
177. **Casa de pensão** – Aluísio Azevedo
178. **São Manuel Bueno, Mártir** – Unamuno
179. **Primaveras** – Casimiro de Abreu
180. **O noviço** – Martins Pena
181. **O sertanejo** – José de Alencar
182. **Eurico, o presbítero** – Alexandre Herculano
183. **O signo dos quatro** – Conan Doyle
184. **Sete anos no Tibet** – Heinrich Harrer
185. **Vagamundo** – Eduardo Galeano
186. **De repente acidentes** – Carl Solomon
187. **As minas de Salomão** – Rider Haggar
188. **Uivo** – Allen Ginsberg
189. **A ciclista solitária** – Conan Doyle
190. **Os seis bustos de Napoleão** – Conan Doyle
191. **Cortejo do divino** – Nelida Piñon
194. **Os crimes do amor** – Marquês de Sade
195. **Besame Mucho** – Mário Prata
196. **Tuareg** – Alberto Vázquez-Figueroa
197. **O longo adeus** – Raymond Chandler
199. **Notas de um velho safado** – Bukowski
200. **111 ais** – Dalton Trevisan
201. **O nariz** – Nicolai Gogol
202. **O capote** – Nicolai Gogol
203. **Macbeth** – William Shakespeare
204. **Heráclito** – Donaldo Schüler

205. Você deve desistir, Osvaldo – Cyro Martins
206. Memórias de Garibaldi – A. Dumas
207. A arte da guerra – Sun Tzu
208. Fragmentos – Caio Fernando Abreu
209. Festa no castelo – Moacyr Scliar
210. O grande deflorador – Dalton Trevisan
212. Homem do príncipio ao fim – Millôr Fernandes
213. Aline e seus dois namorados (1) – A. Iturrusgarai
214. A juba do leão – Sir Arthur Conan Doyle
215. Assassino metido a esperto – R. Chandler
216. Confissões de um comedor de ópio – T. De Quincey
217. Os sofrimentos do jovem Werther – Goethe
218. Fedra – Racine / Trad. Millôr Fernandes
219. O vampiro de Sussex – Conan Doyle
220. Sonho de uma noite de verão – Shakespeare
221. Dias e noites de amor e de guerra – Galeano
222. O Profeta – Khalil Gibran
223. Flávia, cabeça, tronco e membros – M. Fernandes
224. Guia da ópera – Jeanne Suhamy
225. Macário – Álvares de Azevedo
226. Etiqueta na prática – Celia Ribeiro
227. Manifesto do partido comunista – Marx & Engels
228. Poemas – Millôr Fernandes
229. Um inimigo do povo – Henrik Ibsen
230. O paraíso destruído – Frei B. de las Casas
231. O gato no escuro – Josué Guimarães
232. O mágico de Oz – L. Frank Baum
233. Armas no Cyrano's – Raymond Chandler
234. Max e os felinos – Moacyr Scliar
235. Nos céus de Paris – Alcy Cheuiche
236. Os bandoleiros – Schiller
237. A primeira coisa que eu botei na boca – Deonísio da Silva
238. As aventuras de Simbad, o marújo
239. O retrato de Dorian Gray – Oscar Wilde
240. A carteira de meu tio – J. Manuel de Macedo
241. A luneta mágica – J. Manuel de Macedo
242. A metamorfose – Kafka
243. A flecha de ouro – Joseph Conrad
244. A ilha do tesouro – R. L. Stevenson
245. Marx - Vida & Obra – José A. Giannotti
246. Gênesis
247. Unidos para sempre – Ruth Rendell
248. A arte de amar – Ovídio
249. O sono eterno – Raymond Chandler
250. Novas receitas do Anonymus Gourmet – J.A.P.M.
251. A nova catacumba – Arthur Conan Doyle
252. Dr. Negro – Arthur Conan Doyle
253. Os voluntários – Moacyr Scliar
254. A bela adormecida – Irmãos Grimm
255. O príncipe sapo – Irmãos Grimm
256. Confissões e Memórias – H. Heine
257. Viva o Alegrete – Sergio Faraco
258. Vou estar esperando – R. Chandler
259. A senhora Beate e seu filho – Schnitzler
260. O ovo apunhalado – Caio Fernando Abreu
261. O ciclo das águas – Moacyr Scliar
262. Millôr Definitivo – Millôr Fernandes
264. Viagem ao centro da Terra – Júlio Verne
265. A dama do lago – Raymond Chandler
266. Caninos brancos – Jack London
267. O médico e o monstro – R. L. Stevenson
268. A tempestade – William Shakespeare
269. Assassinatos na rua Morgue – E. Allan Poe
270. 99 corruíras nanicas – Dalton Trevisan
271. Broquéis – Cruz e Sousa
272. Mês de cães danados – Moacyr Scliar
273. Anarquistas – vol. 1 – A idéia – G. Woodcock
274. Anarquistas – vol. 2 – O movimento – G. Woodcock
275. Pai e filho, filho e pai – Moacyr Scliar
276. As aventuras de Tom Sawyer – Mark Twain
277. Muito barulho por nada – W. Shakespeare
278. Elogio da loucura – Erasmo
279. Autobiografia de Alice B. Toklas – G. Stein
280. O chamado da floresta – J. London
281. Uma agulha para o diabo – Ruth Rendell
282. Verdes vales do fim do mundo – A. Bivar
283. Ovelhas negras – Caio Fernando Abreu
284. O fantasma de Canterville – O. Wilde
285. Receitas de Yayá Ribeiro – Celia Ribeiro
286. A galinha degolada – H. Quiroga
287. O último adeus de Sherlock Holmes – A. Conan Doyle
288. A. Gourmet em Histórias de cama & mesa – J. A. Pinheiro Machado
289. Topless – Martha Medeiros
290. Mais receitas do Anonymus Gourmet – J. A. Pinheiro Machado
291. Origens do discurso democrático – D. Schüler
292. Humor politicamente incorreto – Nani
293. O teatro do bem e do mal – E. Galeano
294. Garibaldi & Manoela – J. Guimarães
295. 10 dias que abalaram o mundo – John Reed
296. Numa fria – Bukowski
297. Poesia de Florbela Espanca vol. 1
298. Poesia de Florbela Espanca vol. 2
299. Escreva certo – E. Oliveira e M. E. Bernd
300. O vermelho e o negro – Stendhal
301. Ecce homo – Friedrich Nietzsche
302 (7). Comer bem, sem culpa – Dr. Fernando Lucchese, A. Gourmet e Iotti
303. O livro de Cesário Verde – Cesário Verde
305. 100 receitas de macarrão – S. Lancellotti
306. 160 receitas de molhos – S. Lancellotti
307. 100 receitas light – H. e Â. Tonetto
308. 100 receitas de sobremesas – Celia Ribeiro
309. Mais de 100 dicas de churrasco – Leon Diziekaniak
310. 100 receitas de acompanhamentos – C. Cabeda
311. Honra ou vendetta – S. Lancellotti
312. A alma do homem sob o socialismo – Oscar Wilde
313. Tudo sobre Yôga – Mestre De Rose
314. Os varões assinalados – Tabajara Ruas
315. Édipo em Colono – Sófocles
316. Lisístrata – Aristófanes / trad. Millôr
317. Sonhos de Bunker Hill – John Fante
318. Os deuses de Raquel – Moacyr Scliar
319. O colosso de Marússia – Henry Miller
320. As eruditas – Molière / trad. Millôr
321. Radicci 1 – Iotti
322. Os Sete contra Tebas – Ésquilo
323. Brasil Terra à vista – Eduardo Bueno
324. Radicci 2 – Iotti
325. Júlio César – William Shakespeare

326. A carta de Pero Vaz de Caminha
327. **Cozinha Clássica** – Sílvio Lancellotti
328. **Madame Bovary** – Gustave Flaubert
329. **Dicionário do viajante insólito** – M. Scliar
330. **O capitão saiu para o almoço...** – Bukowski
331. **A carta roubada** – Edgar Allan Poe
332. **É tarde para saber** – Josué Guimarães
333. **O livro de bolso da Astrologia** – Maggy Harrisonx e Mellina Li
334. **1933 foi um ano ruim** – John Fante
335. **100 receitas de arroz** – Aninha Comas
336. **Guia prático do Português correto – vol. 1** – Cláudio Moreno
337. **Bartleby, o escriturário** – H. Melville
338. **Enterrem meu coração na curva do rio** – Dee Brown
339. **Um conto de Natal** – Charles Dickens
340. **Cozinha sem segredos** – J. A. P. Machado
341. **A dama das Camélias** – A. Dumas Filho
342. **Alimentação saudável** – H. e Á. Tonetto
343. **Continhos galantes** – Dalton Trevisan
344. **A Divina Comédia** – Dante Alighieri
345. **A Dupla Sertanojo** – Santiago
346. **Cavalos do amanhecer** – Mario Arregui
347. **Biografia de Vincent van Gogh por sua cunhada** – Jo van Gogh-Bonger
348. **Radicci 3** – Iotti
349. **Nada de novo no front** – E. M. Remarque
350. **A hora dos assassinos** – Henry Miller
351. **Flush - Memórias de um cão** – Virginia Woolf
352. **A guerra no Bom Fim** – M. Scliar
353(1). **O caso Saint-Fiacre** – Simenon
354(2). **Morte na alta sociedade** – Simenon
355(3). **O cão amarelo** – Simenon
356(4). **Maigret e o homem do banco** – Simenon
357. **As uvas e o vento** – Pablo Neruda
358. **On the road** – Jack Kerouac
359. **O coração amarelo** – Pablo Neruda
360. **Livro das perguntas** – Pablo Neruda
361. **Noite de Reis** – William Shakespeare
362. **Manual de Ecologia** – vol.1 – J. Lutzenberger
363. **O mais longo dos dias** – Cornelius Ryan
364. **Foi bom prá você?** – Nani
365. **Crepusculário** – Pablo Neruda
366. **A comédia dos erros** – Shakespeare
367(5). **A primeira investigação de Maigret** – Simenon
368(6). **As férias de Maigret** – Simenon
369. **Mate-me por favor (vol.1)** – L. McNeil
370. **Mate-me por favor (vol.2)** – L. McNeil
371. **Carta ao pai** – Kafka
372. **Os vagabundos iluminados** – J. Kerouac
373(7). **O enforcado** – Simenon
374(8). **A fúria de Maigret** – Simenon
375. **Vargas, uma biografia política** – H. Silva
376. **Poesia reunida (vol.1)** – A. R. de Sant'Anna
377. **Poesia reunida (vol.2)** – A. R. de Sant'Anna
378. **Alice no país do espelho** – Lewis Carroll
379. **Residência na Terra 1** – Pablo Neruda
380. **Residência na Terra 2** – Pablo Neruda
381. **Terceira Residência** – Pablo Neruda
382. **O delírio amoroso** – Bocage
383. **Futebol ao sol e à sombra** – E. Galeano
384(9). **O porto das brumas** – Simenon
385(10). **Maigret e seu morto** – Simenon
386. **Radicci 4** – Iotti
387. **Boas maneiras & sucesso nos negócios** – Celia Ribeiro
388. **Uma história Farroupilha** – M. Scliar
389. **Na mesa ninguém envelhece** – J. A. P. Machado
390. **200 receitas inéditas do Anonymus Gourmet** – J. A. Pinheiro Machado
391. **Guia prático do Português correto – vol.2** – Cláudio Moreno
392. **Breviário das terras do Brasil** – Assis Brasil
393. **Cantos Cerimoniais** – Pablo Neruda
394. **Jardim de Inverno** – Pablo Neruda
395. **Antonio e Cleópatra** – William Shakespeare
396. **Tróia** – Cláudio Moreno
397. **Meu tio matou um cara** – Jorge Furtado
398. **O anatomista** – Federico Andahazi
399. **As viagens de Gulliver** – Jonathan Swift
400. **Dom Quixote** – (v. 1) – Miguel de Cervantes
401. **Dom Quixote** – (v. 2) – Miguel de Cervantes
402. **Sozinho no Pólo Norte** – Thomaz Brandolin
403. **Matadouro 5** – Kurt Vonnegut
404. **Delta de Vênus** – Anaïs Nin
405. **O melhor de Hagar 2** – Dik Browne
406. **É grave Doutor?** – Nani
407. **Orai pornô** – Nani
408(11). **Maigret em Nova York** – Simenon
409(12). **O assassino sem rosto** – Simenon
410(13). **O mistério das jóias roubadas** – Simenon
411. **A irmãzinha** – Raymond Chandler
412. **Três contos** – Gustave Flaubert
413. **De ratos e homens** – John Steinbeck
414. **Lazarilho de Tormes** – Anônimo do séc. XVI
415. **Triângulo das águas** – Caio Fernando Abreu
416. **100 receitas de carnes** – Sílvio Lancellotti
417. **Histórias de robôs**: vol. 1 – org. Isaac Asimov
418. **Histórias de robôs**: vol. 2 – org. Isaac Asimov
419. **Histórias de robôs**: vol. 3 – org. Isaac Asimov
420. **O país dos centauros** – Tabajara Ruas
421. **A república de Anita** – Tabajara Ruas
422. **A carga dos lanceiros** – Tabajara Ruas
423. **Um amigo de Kafka** – Isaac Singer
424. **As alegres matronas de Windsor** – Shakespeare
425. **Amor e exílio** – Isaac Bashevis Singer
426. **Use & abuse do seu signo** – Marília Fiorillo e Marylou Simonsen
427. **Pigmaleão** – Bernard Shaw
428. **As fenícias** – Eurípides
429. **Everest** – Thomaz Brandolin
430. **A arte de furtar** – Anônimo do séc. XVI
431. **Billy Bud** – Herman Melville
432. **A rosa separada** – Pablo Neruda
433. **Elegia** – Pablo Neruda
434. **A garota de Cassidy** – David Goodis
435. **Como fazer a guerra: máximas de Napoleão** – Balzac
436. **Poemas escolhidos** – Emily Dickinson
437. **Gracias por el fuego** – Mario Benedetti
438. **O sofá** – Crébillon Fils
439. **O "Martín Fierro"** – Jorge Luis Borges
440. **Trabalhos de amor perdidos** – W. Shakespeare
441. **O melhor de Hagar 3** – Dik Browne
442. **Os Maias (volume1)** – Eça de Queiroz

443. **Os Maias (volume2)** – Eça de Queiroz
444. **Anti-Justine** – Restif de La Bretonne
445. **Juventude** – Joseph Conrad
446. **Contos** – Eça de Queiroz
447. **Janela para a morte** – Raymond Chandler
448. **Um amor de Swann** – Marcel Proust
449. **À paz perpétua** – Immanuel Kant
450. **A conquista do México** – Hernan Cortez
451. **Defeitos escolhidos e 2000** – Pablo Neruda
452. **O casamento do céu e do inferno** – William Blake
453. **A primeira viagem ao redor do mundo** – Antonio Pigafetta
454.(14).**Uma sombra na janela** – Simenon
455.(15).**A noite da encruzilhada** – Simenon
456.(16).**A velha senhora** – Simenon
457. **Sartre** – Annie Cohen-Solal
458. **Discurso do método** – René Descartes
459. **Garfield em grande forma (1)** – Jim Davis
460. **Garfield está de dieta (2)** – Jim Davis
461. **O livro das feras** – Patricia Highsmith
462. **Viajante solitário** – Jack Kerouac
463. **Auto da barca do inferno** – Gil Vicente
464. **O livro vermelho dos pensamentos de Millôr** – Millôr Fernandes
465. **O livro dos abraços** – Eduardo Galeano
466. **Voltaremos!** – José Antonio Pinheiro Machado
467. **Rango** – Edgar Vasques
468.(8).**Dieta mediterrânea** – Dr. Fernando Lucchese e José Antonio Pinheiro Machado
469. **Radicci 5** – Iotti
470. **Pequenos pássaros** – Anaïs Nin
471. **Guia prático do Português correto – vol.3** – Cláudio Moreno
472. **Atire no pianista** – David Goodis
473. **Antologia Poética** – García Lorca
474. **Alexandre e César** – Plutarco
475. **Uma espiã na casa do amor** – Anaïs Nin
476. **A gorda do Tiki Bar** – Dalton Trevisan
477. **Garfield um gato de peso (3)** – Jim Davis
478. **Canibais** – David Coimbra
479. **A arte de escrever** – Arthur Schopenhauer
480. **Pinóquio** – Carlo Collodi
481. **Misto-quente** – Bukowski
482. **A lua na sarjeta** – David Goodis
483. **O melhor do Recruta Zero (1)** – Mort Walker
484. **Aline: TPM – tensão pré-monstrual (2)** – Adão Iturrusgarai
485. **Sermões do Padre Antonio Vieira**
486. **Garfield numa boa (4)** – Jim Davis
487. **Mensagem** – Fernando Pessoa
488. **Vendeta** *seguido de* **A paz conjugal** – Balzac
489. **Poemas de Alberto Caeiro** – Fernando Pessoa
490. **Ferragus** – Honoré de Balzac
491. **A duquesa de Langeais** – Honoré de Balzac
492. **A menina dos olhos de ouro** – Honoré de Balzac
493. **O lírio do vale** – Honoré de Balzac
494.(17).**A barcaça da morte** – Simenon
495.(18).**As testemunhas rebeldes** – Simenon
496.(19).**Um engano de Maigret** – Simenon
497.(1).**A noite das bruxas** – Agatha Christie
498.(2).**Um passe de mágica** – Agatha Christie
499.(3).**Nêmesis** – Agatha Christie
500. **Esboço para uma teoria das emoções** – Sartre
501. **Renda básica de cidadania** – Eduardo Suplicy
502.(1).**Pílulas para viver melhor** – Dr. Lucchese
503.(2).**Pílulas para prolongar a juventude** – Dr. Lucchese
504.(3).**Desembarcando o diabetes** – Dr. Lucchese
505.(4).**Desembarcando o sedentarismo** – Dr. Fernando Lucchese e Cláudio Castro
506.(5).**Desembarcando a hipertensão** – Dr. Lucchese
507.(6).**Desembarcando o colesterol** – Dr. Fernando Lucchese e Fernanda Lucchese
508. **Estudos de mulher** – Balzac
509. **O terceiro tira** – Flann O'Brien
510. **100 receitas de aves e ovos** – J. A. P. Machado
511. **Garfield em toneladas de diversão (5)** – Jim Davis
512. **Trem-bala** – Martha Medeiros
513. **Os cães ladram** – Truman Capote
514. **O Kama Sutra de Vatsyayana**
515. **O crime do Padre Amaro** – Eça de Queiroz
516. **Odes de Ricardo Reis** – Fernando Pessoa
517. **O inverno da nossa desesperança** – Steinbeck
518. **Piratas do Tietê (1)** – Laerte
519. **Rê Bordosa: do começo ao fim** – Angeli
520. **O Harlem é escuro** – Chester Himes
521. **Café-da-manhã dos campeões** – Kurt Vonnegut
522. **Eugénie Grandet** – Balzac
523. **O último magnata** – F. Scott Fitzgerald
524. **Carol** – Patricia Highsmith
525. **100 receitas de patisseria** – Sílvio Lancellotti
526. **O fator humano** – Graham Greene
527. **Tristessa** – Jack Kerouac
528. **O diamante do tamanho do Ritz** – S. Fitzgerald
529. **As melhores histórias de Sherlock Holmes** – Arthur Conan Doyle
530. **Cartas a um jovem poeta** – Rilke
531.(20).**Memórias de Maigret** – Simenon
532.(4).**O misterioso sr. Quin** – Agatha Christie
533. **Os analectos** – Confúcio
534.(21).**Maigret e os homens de bem** – Simenon
535.(22).**O medo de Maigret** – Simenon
536. **Ascensão e queda de César Birotteau** – Balzac
537. **Sexta-feira negra** – David Goodis
538. **Ora bolas – O humor de Mario Quintana** – Juarez Fonseca
539. **Longe daqui aqui mesmo** – Antonio Bivar
540.(5).**É fácil matar** – Agatha Christie
541. **O pai Goriot** – Balzac
542. **Brasil, um país do futuro** – Stefan Zweig
543. **O processo** – Kafka
544. **O melhor de Hagar 4** – Dik Browne
545.(6).**Por que não pediram a Evans?** – Agatha Christie
546. **Fanny Hill** – John Cleland
547. **O gato por dentro** – William S. Burroughs
548. **Sobre a brevidade da vida** – Sêneca
549. **Geraldão (1)** – Glauco
550. **Piratas do Tietê (2)** – Laerte
551. **Pagando o pato** – Ciça
552. **Garfield de bom humor (6)** – Jim Davis
553. **Conhece o Mário?** vol.1 – Santiago
554. **Radicci 6** – Iotti
555. **Os subterrâneos** – Jack Kerouac
556.(1).**Balzac** – François Taillandier

557(2).**Modigliani** – Christian Parisot
558(3).**Kafka** – Gérard-Georges Lemaire
559(4).**Júlio César** – Joël Schmidt
560.**Receitas da família** – J. A. Pinheiro Machado
561.**Boas maneiras à mesa** – Celia Ribeiro
562(9).**Filhos sadios, pais felizes** – R. Pagnoncelli
563(10).**Fatos & mitos** – Dr. Fernando Lucchese
564.**Ménage à trois** – Paula Taitelbaum
565.**Mulheres!** – David Coimbra
566.**Poemas de Álvaro de Campos** – Fernando Pessoa
567.**Medo e outras histórias** – Stefan Zweig
568.**Snoopy e sua turma (1)** – Schulz
569.**Piadas para sempre (1)** – Visconde da Casa Verde
570.**O alvo móvel** – Ross Macdonald
571.**O melhor do Recruta Zero (2)** – Mort Walker
572.**Um sonho americano** – Norman Mailer
573.**Os broncos também amam** – Angeli
574.**Crônica de um amor louco** – Bukowski
575(5).**Freud** – René Major e Chantal Talagrand
576(6).**Picasso** – Gilles Plazy
577(7).**Gandhi** – Christine Jordis
578.**A tumba** – H. P. Lovecraft
579.**O príncipe e o mendigo** – Mark Twain
580.**Garfield, um charme de gato (7)** – Jim Davis
581.**Ilusões perdidas** – Balzac
582.**Esplendores e misérias das cortesãs** – Balzac
583.**Walter Ego** – Angeli
584.**Striptiras (1)** – Laerte
585.**Fagundes: um puxa-saco de mão cheia** – Laerte
586.**Depois do último trem** – Josué Guimarães
587.**Ricardo III** – Shakespeare
588.**Dona Anja** – Josué Guimarães
589.**24 horas na vida de uma mulher** – Stefan Zweig
590.**O terceiro homem** – Graham Greene
591.**Mulher no escuro** – Dashiell Hammett
592.**No que acredito** – Bertrand Russell
593.**Odisséia (1): Telemaquia** – Homero
594.**O cavalo cego** – Josué Guimarães
595.**Henrique V** – Shakespeare
596.**Fabulário geral do delírio cotidiano** – Bukowski
597.**Tiros na noite 1: A mulher do bandido** – Dashiell Hammett
598.**Snoopy em Feliz Dia dos Namorados! (2)** – Schulz
599.**Mas não se matam cavalos?** – Horace McCoy
600.**Crime e castigo** – Dostoiévski
601(7).**Mistério no Caribe** – Agatha Christie
602.**Odisséia (2): Regresso** – Homero
603.**Piadas para sempre (2)** – Visconde da Casa Verde
604.**À sombra do vulcão** – Malcolm Lowry
605(8).**Kerouac** – Yves Buin
606.**E agora são cinzas** – Angeli
607.**As mil e uma noites** – Paulo Caruso
608.**Um assassino entre nós** – Ruth Rendell
609.**Crack-up** – F. Scott Fitzgerald
610.**Do amor** – Stendhal
611.**Cartas do Yage** – William Burroughs e Allen Ginsberg
612.**Striptiras (2)** – Laerte
613.**Henry & June** – Anaïs Nin
614.**A piscina mortal** – Ross Macdonald
615.**Geraldão (2)** – Glauco
616.**Tempo de delicadeza** – A. R. de Sant'Anna
617.**Tiros na noite 2: Medo de tiro** – Dashiell Hammett
618.**Snoopy em Assim é a vida, Charlie Brown! (3)** – Schulz
619.**1954 – Um tiro no coração** – Hélio Silva
620.**Sobre a inspiração poética (Íon)** e ... – Platão
621.**Garfield e seus amigos (8)** – Jim Davis
622.**Odisséia (3): Ítaca** – Homero
623.**A louca matança** – Chester Himes
624.**Factótum** – Bukowski
625.**Guerra e Paz: volume 1** – Tolstói
626.**Guerra e Paz: volume 2** – Tolstói
627.**Guerra e Paz: volume 3** – Tolstói
628.**Guerra e Paz: volume 4** – Tolstói
629(9).**Shakespeare** – Claude Mourthé
630.**Bem está o que bem acaba** – Shakespeare
631.**O contrato social** – Rousseau
632.**Geração Beat** – Jack Kerouac
633.**Snoopy: É Natal! (4)** – Charles Schulz
634(8).**Testemunha da acusação** – Agatha Christie
635.**Um elefante no caos** – Millôr Fernandes
636.**Guia de leitura (100 autores que você precisa ler)** – Organização de Léa Masina
637.**Pistoleiros também mandam flores** – David Coimbra
638.**O prazer das palavras** – vol. 1 – Cláudio Moreno
639.**O prazer das palavras** – vol. 2 – Cláudio Moreno
640.**Novíssimo testamento: com Deus e o diabo, a dupla da criação** – Iotti
641.**Literatura Brasileira: modos de usar** – Luís Augusto Fischer
642.**Dicionário de Porto-Alegrês** – Luís A. Fischer
643.**Clô Dias & Noites** – Sérgio Jockymann
644.**Memorial de Isla Negra** – Pablo Neruda
645.**Um homem extraordinário e outras histórias** – Tchékhov
646.**Ana sem terra** – Alcy Cheuiche
647.**Adultérios** – Woody Allen
648.**Para sempre ou nunca mais** – R. Chandler
649.**Nosso homem em Havana** – Graham Greene
650.**Dicionário Caldas Aulete de Bolso**
651.**Snoopy: Posso fazer uma pergunta, professora? (5)** – Charles Schulz
652(10).**Luís XVI** – Bernard Vincent
653.**O mercador de Veneza** – Shakespeare
654.**Cancioneiro** – Fernando Pessoa
655.**Non-Stop** – Martha Medeiros
656.**Carpinteiros, levantem bem alto a cumeeira & Seymour, uma apresentação** – J.D.Salinger
657.**Ensaios céticos** – Bertrand Russell
658.**O melhor de Hagar 5** – Dik e Chris Browne
659.**Primeiro amor** – Ivan Turguêniev
660.**A trégua** – Mario Benedetti
661.**Um parque de diversões da cabeça** – Lawrence Ferlinghetti
662.**Aprendendo a viver** – Sêneca
663.**Garfield, um gato em apuros (9)** – Jim Davis
664.**Dilbert 1** – Scott Adams
665.**Dicionário de dificuldades** – Domingos Paschoal Cegalla
666.**A imaginação** – Jean-Paul Sartre
667.**O ladrão e os cães** – Naguib Mahfuz

668. **Gramática do português contemporâneo** – Celso Cunha
669. **A volta do parafuso** seguido de **Daisy Miller** – Henry James
670. **Notas do subsolo** – Dostoiévski
671. **Abobrinhas da Brasilônia** – Glauco
672. **Geraldão (3)** – Glauco
673. **Piadas para sempre (3)** – Visconde da Casa Verde
674. **Duas viagens ao Brasil** – Hans Staden
675. **Bandeira de bolso** – Manuel Bandeira
676. **A arte da guerra** – Maquiavel
677. **Além do bem e do mal** – Nietzsche
678. **O coronel Chabert** seguido de **A mulher abandonada** – Balzac
679. **O sorriso de marfim** – Ross Macdonald
680. **100 receitas de pescados** – Sílvio Lancellotti
681. **O juiz e seu carrasco** – Friedrich Dürrenmatt
682. **Noites brancas** – Dostoiévski
683. **Quadras ao gosto popular** – Fernando Pessoa
684. **Romanceiro da Inconfidência** – Cecília Meireles
685. **Kaos** – Millôr Fernandes
686. **A pele de onagro** – Balzac
687. **As ligações perigosas** – Choderlos de Laclos
688. **Dicionário de matemática** – Luiz Fernandes Cardoso
689. **Os Lusíadas** – Luís Vaz de Camões
690(11). **Átila** – Éric Deschodt
691. **Um jeito tranqüilo de matar** – Chester Himes
692. **A felicidade conjugal** seguido de **O diabo** – Tolstói
693. **Viagem de um naturalista ao redor do mundo** – vol. 1 – Charles Darwin
694. **Viagem de um naturalista ao redor do mundo** – vol. 2 – Charles Darwin
695. **Memórias da casa dos mortos** – Dostoiévski
696. **A Celestina** – Fernando de Rojas
697. **Snoopy: Como você é azarado, Charlie Brown! (6)** – Charles Schulz
698. **Dez (quase) amores** – Claudia Tajes
699(9). **Poirot sempre espera** – Agatha Christie
700. **Cecília de bolso** – Cecília Meireles
701. **Apologia de Sócrates** precedido de **Êutifron** e seguido de **Críton** – Platão
702. **Wood & Stock** – Angeli
703. **Striptiras (3)** – Laerte
704. **Discurso sobre a origem e os fundamentos da desigualdade entre os homens** – Rousseau
705. **Os duelistas** – Joseph Conrad
706. **Dilbert (2)** – Scott Adams
707. **Viver e escrever** (vol. 1) – Edla van Steen
708. **Viver e escrever** (vol. 2) – Edla van Steen
709. **Viver e escrever** (vol. 3) – Edla van Steen
710(10). **A teia da aranha** – Agatha Christie
711. **O banquete** – Platão
712. **Os belos e malditos** – F. Scott Fitzgerald
713. **Libelo contra a arte moderna** – Salvador Dalí
714. **Akropolis** – Valerio Massimo Manfredi
715. **Devoradores de mortos** – Michael Crichton
716. **Sob o sol da Toscana** – Frances Mayes
717. **Batom na cueca** – Nani
718. **Vida dura** – Claudia Tajes
719. **Carne trêmula** – Ruth Rendell
720. **Cris, a fera** – David Coimbra
721. **O anticristo** – Nietzsche
722. **Como um romance** – Daniel Pennac
723. **Emboscada no Forte Bragg** – Tom Wolfe
724. **Assédio sexual** – Michael Crichton
725. **O espírito do Zen** – Alan W. Watts
726. **Um bonde chamado desejo** – Tennessee Williams
727. **Como gostais** seguido de **Conto de inverno** – Shakespeare
728. **Tratado sobre a tolerância** – Voltaire
729. **Snoopy: Doces ou travessuras? (7)** – Charles Schulz
730. **Cardápios do Anonymus Gourmet** – J.A. Pinheiro Machado
731. **100 receitas com lata** – J.A. Pinheiro Machado
732. **Conhece o Mário?** vol.2 – Santiago
733. **Dilbert (3)** – Scott Adams
734. **História de um louco amor** seguido de **Passado amor** – Horacio Quiroga
735(11). **Sexo: muito prazer** – Laura Meyer da Silva
736(12). **Para entender o adolescente** – Dr. Ronald Pagnoncelli
737(13). **Desembarcando a tristeza** – Dr. Fernando Lucchese
738. **Poirot e o mistério da arca espanhola & outras histórias** – Agatha Christie
739. **A última legião** – Valerio Massimo Manfredi
740. **As virgens suicidas** – Jeffrey Eugenides
741. **Sol nascente** – Michael Crichton
742. **Duzentos ladrões** – Dalton Trevisan
743. **Os devaneios do caminhante solitário** – Rousseau
744. **Garfield, o rei da preguiça (10)** – Jim Davis
745. **Os magnatas** – Charles R. Morris
746. **Pulp** – Charles Bukowski
747. **Enquanto agonizo** – William Faulkner
748. **Aline: viciada em sexo (3)** – Adão Iturrusgarai
749. **A dama do cachorrinho** – Anton Tchékhov
750. **Tito Andrônico** – Shakespeare
751. **Antologia poética** – Anna Akhmátova
752. **O melhor de Hagar 6** – Dik e Chris Browne
753(12). **Michelangelo** – Nadine Sautel
754. **Dilbert (4)** – Scott Adams
755. **O jardim das cerejeiras** seguido de **Tio Vânia** – Tchékhov
756. **Geração Beat** – Claudio Willer
757. **Santos Dumont** – Alcy Cheuiche
758. **Budismo** – Claude B. Levenson
759. **Cleópatra** – Christian-Georges Schwentzel
760. **Revolução Francesa** – Frédéric Bluche, Stéphane Rials e Jean Tulard
761. **A crise de 1929** – Bernard Gazier
762. **Sigmund Freud** – Edson Sousa e Paulo Endo
763. **Império Romano** – Patrick Le Roux
764. **Cruzadas** – Cécile Morrisson
765. **O mistério do Trem Azul** – Agatha Christie
766. **Os escrúpulos de Maigret** – Simenon
767. **Maigret se diverte** – Simenon
768. **Senso comum** – Thomas Paine
769. **O parque dos dinossauros** – Michael Crichton
770. **Trilogia da paixão** – Goethe
771. **A simples arte de matar** (vol.1) – R. Chandler
772. **A simples arte de matar** (vol.2) – R. Chandler

773. **Snoopy: No mundo da lua! (8)** – Charles Schulz
774. **Os Quatro Grandes** – Agatha Christie
775. **Um brinde de cianureto** – Agatha Christie
776. **Súplicas atendidas** – Truman Capote
777. **Ainda restam aveleiras** – Simenon
778. **Maigret e o ladrão preguiçoso** – Simenon
779. **A viúva imortal** – Millôr Fernandes
780. **Cabala** – Roland Goetschel
781. **Capitalismo** – Claude Jessua
782. **Mitologia grega** – Pierre Grimal
783. **Economia: 100 palavras-chave** – Jean-Paul Betbèze
784. **Marxismo** – Henri Lefebvre
785. **Punição para a inocência** – Agatha Christie
786. **A extravagância do morto** – Agatha Christie
787. (13).**Cézanne** – Bernard Fauconnier
788. **A identidade Bourne** – Robert Ludlum
789. **Da tranquilidade da alma** – Sêneca
790. **Um artista da fome** *seguido de* **Na colônia penal e outras histórias** – Kafka
791. **Histórias de fantasmas** – Charles Dickens
792. **A louca de Maigret** – Simenon
793. **O amigo de infância de Maigret** – Simenon
794. **O revólver de Maigret** – Simenon
795. **A fuga do sr. Monde** – Simenon
796. **O Uraguai** – Basílio da Gama
797. **A mão misteriosa** – Agatha Christie
798. **Testemunha ocular do crime** – Agatha Christie
799. **Crepúsculo dos ídolos** – Friedrich Nietzsche
800. **Maigret e o negociante de vinhos** – Simemon
801. **Maigret e o mendigo** – Simenon
802. **O grande golpe** – Dashiell Hammett
803. **Humor barra pesada** – Nani
804. **Vinho** – Jean-François Gautier
805. **Egito Antigo** – Sophie Desplancques
806. (14).**Baudelaire** – Jean-Baptiste Baronian
807. **Caminho da sabedoria, caminho da paz** – Dalai Lama e Felizitas von Schönborn
808. **Senhor e servo e outras histórias** – Tolstói
809. **Os cadernos de Malte Laurids Brigge** – Rilke
810. **Dilbert (5)** – Scott Adams
811. **Big Sur** – Jack Kerouac
812. **Seguindo a correnteza** – Agatha Christie
813. **O álibi** – Sandra Brown
814. **Montanha-russa** – Martha Medeiros
815. **Coisas da vida** – Martha Medeiros
816. **A cantada infalível** *seguido de* **A mulher do centroavante** – David Coimbra
817. **Maigret e os crimes do cais** – Simenon
818. **Sinal vermelho** – Simenon
819. **Snoopy: Pausa para a soneca (9)** – Charles Schulz
820. **De pernas pro ar** – Eduardo Galeano
821. **Tragédias gregas** – Pascal Thiercy
822. **Existencialismo** – Jacques Colette
823. **Nietzsche** – Jean Granier
824. **Amar ou depender?** – Walter Riso
825. **Darmapada: A doutrina budista em versos**
826. **J'Accuse...! – a verdade em marcha** – Zola
827. **Os crimes ABC** – Agatha Christie
828. **Um gato entre os pombos** – Agatha Christie
829. **Maigret e o sumiço do sr. Charles** – Simenon
830. **Maigret e a morte do jogador** – Simenon
831. **Dicionário de teatro** – Luiz Paulo Vasconcellos
832. **Cartas extraviadas** – Martha Medeiros
833. **A longa viagem de prazer** – J. J. Morosoli
834. **Receitas fáceis** – J. A. Pinheiro Machado
835. (14).**Mais fatos & mitos** – Dr. Fernando Lucchese
836. (15).**Boa viagem!** – Dr. Fernando Lucchese
837. **Aline: Finalmente nua!!!** (4) – Adão Iturrusgarai
838. **Mônica tem uma novidade!** – Mauricio de Sousa
839. **Cebolinha em apuros!** – Mauricio de Sousa
840. **Sócios no crime** – Agatha Christie
841. **Bocas do tempo** – Eduardo Galeano
842. **Orgulho e preconceito** – Jane Austen
843. **Impressionismo** – Dominique Lobstein
844. **Escrita chinesa** – Viviane Alleton
845. **Paris: uma história** – Yvan Combeau
846. (15).**Van Gogh** – David Haziot
847. **Maigret e o corpo sem cabeça** – Simenon
848. **Portal do destino** – Agatha Christie
849. **O futuro de uma ilusão** – Freud
850. **O mal-estar na cultura** – Freud
851. **Maigret e o matador** – Simenon
852. **Maigret e o fantasma** – Simenon
853. **Um crime adormecido** – Agatha Christie
854. **Satori em Paris** – Jack Kerouac
855. **Medo e delírio em Las Vegas** – Hunter Thompson
856. **Um negócio fracassado e outros contos de humor** – Tchékhov
857. **Mônica está de férias!** – Mauricio de Sousa
858. **De quem é esse coelho?** – Mauricio de Sousa
859. **O burgomestre de Furnes** – Simenon
860. **O mistério Sittaford** – Agatha Christie
861. **Manhã transfigurada** – Luiz Antonio de Assis Brasil
862. **Alexandre, o Grande** – Pierre Briant
863. **Jesus** – Charles Perrot
864. **Islã** – Paul Balta
865. **Guerra da Secessão** – Farid Ameur
866. **Um rio que vem da Grécia** – Cláudio Moreno
867. **Maigret e os colegas americanos** – Simenon
868. **Assassinato na casa do pastor** – Agatha Christie
869. **Manual do líder** – Napoleão Bonaparte
870. (16).**Billie Holiday** – Sylvia Fol
871. **Bidu arrasando!** – Mauricio de Sousa
872. **Desventuras em família** – Mauricio de Sousa
873. **Liberty Bar** – Simenon
874. **E no final a morte** – Agatha Christie
875. **Guia prático do Português correto – vol. 4** – Cláudio Moreno
876. **Dilbert (6)** – Scott Adams
877. (17).**Leonardo da Vinci** – Sophie Chauveau
878. **Bella Toscana** – Frances Mayes
879. **A arte da ficção** – David Lodge
880. **Striptiras (4)** – Laerte
881. **Skrotinhos** – Angeli
882. **Depois do funeral** – Agatha Christie
883. **Radicci 7** – Iotti
884. **Walden** – H. D. Thoreau
885. **Lincoln** – Allen C. Guelzo
886. **Primeira Guerra Mundial** – Michael Howard
887. **A linha de sombra** – Joseph Conrad
888. **O amor é um cão dos diabos** – Bukowski

ENCYCLOPÆDIA é a nova série da Coleção **L&PM** POCKET, que traz livros de referência com conteúdo acessível, útil e na medida certa. São temas universais, escritos por especialistas de forma compreensível e descomplicada.

PRIMEIROS LANÇAMENTOS: **Alexandre, o Grande**, Pierre Briant – **Budismo**, Claude B. Levenson – **Cabala**, Roland Goetschel – **Capitalismo**, Claude Jessua – **Cleópatra**, Christian-Georges Schwentzel – **A crise de 1929**, Bernard Gazier – **Cruzadas**, Cécile Morrisson – **Economia: 100 palavras-chave**, Jean-Paul Betbèze – **Egito Antigo**, Sophie Desplancques – **Escrita chinesa**, Viviane Alleton – **Existencialismo**, Jacques Colette – **Geração Beat**, Claudio Willer – **Guerra da Secessão**, Farid Ameur – **Império Romano**, Patrick Le Roux – **Impressionismo**, Dominique Lobstein – **Islã**, Paul Balta – **Jesus**, Charles Perrot – **Marxismo**, Henri Lefebvre – **Mitologia grega**, Pierre Grimal – **Nietzsche**, Jean Granier – **Paris: uma história**, Yvan Combeau – **Revolução Francesa**, Frédéric Bluche, Stéphane Rials e Jean Tulard – **Santos Dumont**, Alcy Cheuiche – **Sigmund Freud**, Edson Sousa e Paulo Endo – **Tragédias gregas**, Pascal Thiercy – **Vinho**, Jean-François Gautier

L&PM POCKET **ENCYCLOPÆDIA**
Conhecimento na medida certa

IMPRESSÃO:

GRÁFICA EDITORA Pallotti
IMAGEM DE QUALIDADE

Santa Maria - RS - Fone/Fax: (55) 3220.4500
www.pallotti.com.br